GOBOOKS
& SITAK
GROUP©

GOBOOKS & SITAK GROUP ©

三日月書版

三日月書版

繪／セカイメグル
招搖
ZHAO YAO
卷二
輕世代
FW281
三日月書版

目錄

路招搖

生前爲魔界萬戮門的門主，立志成爲令人聞風喪膽的女魔頭。
救了魔王之子的墨青，並將他帶到門下照顧，
沒想到不小心被他害死了，化爲一縷魂魄後，千方百計想復活報仇。

「我是天上天下威武無敵
至上至尊魔王路招搖！」

墨青

魔王之子，外表清冷，寡淡無欲，
但舉手投足有種不著痕跡的溫柔。
在路招搖死去後，接手了萬戮門，並將其完善治理。

「我可以為妳放下一切，只要妳安好。」

第一章　搭救

夜風呼嘯，山林間一片沉寂，天邊雲層厚厚累積、遮星蔽月，雷雨將至，此時正是天地肅殺之際。

墨青每上前一步，便有勁風一陣強過一陣地壓迫。他越是靠近，我越能感覺到擒住我手腕的姜武，身形越發僵硬。

墨青在對他施加壓力。

雖是如此，姜武嘴角的傲慢笑容卻沒有減弱幾分，他瞇眼打量著墨青，目光落在墨青腰間的佩劍上。

只見那把長劍與他腰間佩的萬鈞劍一般長短，劍柄粗實，劍身上猶如附了閃電，伴隨劈啪作響的聲音，不停閃耀著。

「哦，六合天一劍。方才那記雷霆，便是此劍的威力吧。」姜武一笑，「原來昨日厲門主外出，竟是去尋寶劍了。」

這當真是把極為招搖奪目的劍。我眼睛一亮，心道自己想得果然沒錯，這劍確實十分符合我的喜好！

墨青竟在這麼短的時間內，將這劍取回來了！

我失神地上前一步，想將那把劍拿在手裡，畢竟好劍可遇不可求啊！可下一刻，我便被姜武硬生生地拉了回來。我有點不高興，正想出口罵人，卻聽到一個更不高興的聲音。

「放開。」墨青命令道。

姜武一聲冷笑，「不放又如何？」

「我沒與你商量。」

墨青上前一步，空氣中壓力驟然增大，隨之而來的，還有一道以壓力凝聚而成的利刃，徑直劃破空氣，直衝姜武頸項而去。

姜武側頭一躲，避開了第一道，可接踵而來的第二刀卻劃破了他的臉頰，傷口極深，鮮血滴落，襯得他臉色有點難看。

墨青像是隱忍了滔天怒火似的，怒意在他身側燒成一片。

我見這兩人對視得正是專注，集起渾身力量，趁機掐了一個瞬行術，眨眼便落到墨青身後，可芷嫣這身體在方才那壓力之下已經腿軟，一落地便一屁股坐在地上。

我抬頭一望，墨青擋在我身前，令我心頭一安，再往對面一望，姜武正目光陰沉地盯著我，嘴角的笑意在狂傲和邪惡中透著幾分咬牙切齒。

「小美人兒，不是說欣賞我嗎，跑什麼呢？」

哎喲！要了鬼命了！

墨青現在可是個占有狂兼醋罈子，姜武這話多招人誤會啊啊啊！雖然我的確這麼說過，但現在打死也不能承認啊！

我腦子轉了一圈，正想著要怎麼解釋才比較合理，只聽姜武一聲悶哼，倏爾拔了腰間的刀撐在地上，竟是被墨青這一身氣勢，壓得彎了膝蓋。

墨青一步步靠近他，每落一步，便像在他身上加了千萬斤的束縛一般，姜武掙扎著緊咬牙關，青筋凸起，膝蓋不由得慢慢落地。

「柔佛巴魯姜武，初出茅廬，卻生性狂妄，立根於仙魔兩道夾縫中。」墨青一邊冷聲言語，一邊走近姜武，巨大的壓力迫使姜武以敗者的臣服姿態跪下，「你以為，你這幾年的安寧是誰許的？」

我以前說過，若不能叫人心服口服，便叫人五體投地。

讓他跪著說話就是了。

墨青治理門派，別的沒學，倒將這點學了個通透。

對於姜武，墨青是絕對的力量壓制。從頭到尾，他都沒動過一根手指頭。

我本來以為，姜武的實力至少與北山主不分伯仲，甚至比北山主高一個境界，沒想到，墨青竟能以這樣的優勢完全主宰於他。

這些年，破開封印的魔王之子，到底變成了什麼樣子……

或許，我要重新審視一下了。

姜武以俯首之姿，屈辱地跪著，可他仍舊嘴硬，一聲冷笑道：「呵，魔王遺子……」他說得艱難，最後還嘔出一口血，「不過是仗著萬鈞劍之威，壓制於人罷了。」

「對。」墨青面對他輕蔑的挑釁，回以千百倍的不屑，「就是壓制你。」他抬起手，隔著姜武天靈蓋一尺的距離，冷冷道了一句，「有本事便站起來試試。」

話音一落，他五指微微一張，只聽一聲似空氣炸裂的悶響，姜武一頭短毛間流出數道血痕，彷彿頭骨被硬生生震碎了一般。

鮮血順著他的臉蜿蜒而下。他身子一偏，倒在地上，嘴角張狂的笑容就此定格。

竟是……死了？

我睜大眼睛望著墨青，心裡只道如今墨青做事竟比我先前更加殺伐決斷。以前若是遇上魔道中修練有成的青年才俊，就算他心性難馴，我也會選擇抓回塵稷山馴個幾個月，若實在無法馴服，再殺掉也還不遲，可萬一馴服了，不就是一大力將嗎！

我看著地上的姜武，心底嘆道……浪費了啊。

然而此時，只見姜武的屍體被一陣風吹過，皮肉屍骨竟霎時間化作齏粉，隨風飄散。當風捲走最後一點塵埃，姜武的聲音在空中響起，既像在耳邊，也像極為遙遠，他依舊放肆地笑著。

「厲門主，第一次交手，領教了。」他道，「咱們後會有期。」

風沙沙而過，天上一滴雨水落在我鼻尖上，姜武的聲音似借著這滴水，鑽進了我的腦海裡，他說：「還有妳，小美人兒，等我再來找妳。」

我一個激靈，回過神來，轉頭看了看四周，只見大雨傾灑天地，而姜武已完全不見蹤影。

「居然是傀儡術！」我恍然大悟，隨即咬了咬牙，嘖，真是不如從前了，居然沒識破他的傀儡術，被一個假人騙了這麼久！

如此說來，姜武本尊，竟然一直都沒有出現過？可見他一定藏在相當安全的地方，行事才敢如此放肆，因為就算死了，也是傀儡死，本人毫髮無傷。

「這個姜武，著實生性狡詐。」我呢喃了一句，卻沒有得到任何人的回應，我一抬頭，隔著雨幕，看見了正盯著我的墨青。

比起他離開那天，他的眼神被雨水打得有幾分淒涼。

他就這樣望著我，什麼都沒說，我卻被他這冷淡中夾雜著幾分哀怨的眼神望得有點不知所措。

好像我做錯事，傷害到他了。

雖然，我確實一直在打著傷害他的賊心思，但我不是想讓他傷心，是想傷他的身啊！

我腦子飛快地轉著，要扯什麼藉口和他解釋方才姜武說的話。

可才剛將大壞蛋打跑了，就主動去和他解釋我和大壞蛋沒有私情，聽起來更像有什麼的樣子了啊！

「妳很欣賞他？」墨青終是開口問了一句話。

我連忙順著他這句話往上爬，解釋道：「我只是說，他敢和師父你作對，我敬他是條漢子！哪有欣賞他！他胡說！」

見墨青聽了我這話，仍舊神色難辨地盯著我。

我知道，他又醋了，還醋得有點厲害。我連忙將手腕一捂，喊道：「好痛啊！」

我邊喊邊瞥了他一眼，只見他眸光閃爍，腳步微微一動，我又抽了兩口冷氣，「好痛好痛……」

下一刻，他溫熱的手掌覆在我的手腕上，半是嘆息半是詢問：「哪兒痛？」

我不解釋，徑直往他懷裡一撲，抱住了他，「師父！我心痛！我差點以為自己要被搶走，再也看不見你了！」

我送了他一個滿滿的擁抱，墨青的手微微僵在我身旁，像是愣了神一般。

我的臉頰在他懷裡蹭了蹭，「那個姜武，他抓了我，軟禁我，灌我喝酒，還想趁機占我便宜！他太混蛋了！師父，下次你見到他，一定要幫我打死他！」

總之把事兒都甩給姜武就對了，反正他也沒辦法反駁。回頭要真遇上了，他也不可能和墨青坐下來喝酒談心，說說過去到底是怎麼回事。

我裝著抽抽噎噎地哭了好一陣，也沒見他安慰地拍拍我的後背，只聽得他應了我一聲：「好。」

我微微退了一步，想去瞥墨青的表情，卻見他轉了臉，直接將我的手一拽，「先回塵稷山。」

話音一落，他立刻掐了一個瞬行。可在那瞬行前的剎那，我好似隱約瞅見轉過頭去的墨青，耳根有點微紅。

等瞬行到了無惡殿，我站穩腳跟，抬頭一看，墨青依舊一臉淡然，哪裡還有半分羞赧。

算了，管他剛才羞沒羞，總之姜武的曖昧這一篇算是揭過了，穩住了墨青的情緒，我覺得自己很成功。

「師父。」我甜甜地喚了他一聲，正要找他拿腰間的六合劍，卻見天色漸亮，芷嫣倏地回魂，我被撞出她的身體了。

芷嫣一抬頭，見到墨青，登時懵了，直接僵成了木頭人。

墨青眸光淡淡地盯著她。

我趕緊給芷嫣比畫：「快，往他胸口倒去，撒撒嬌，賣個乖，讓他把劍給妳！」

芷嫣聽了我的話，硬是拉出一個笑，「師師師師師……」她抖了一連串音，最後只有放棄道，「失禮了……我有點累，需要歇會兒……」

唉……

墨青退開一步，斂了眸光，「回去吧。」

芷嫣好像還沒反應過來這是哪兒，跟無頭蒼蠅似地轉了一圈，才找著方向，往濯塵殿而去。她那方走了回去，我並不擔心，而墨青這邊，卻是顧晗光找來了。

顧晗光望了一眼芷嫣的背影，隨即呢喃一句：「竟當真在江城柳街啊……」

我一聽這話，頓時覺得不妥。

墨青問他：「消息是誰給你的？」

「路招搖。」顧晗光笑道，「給我托夢來著。」

墨青聞言，臉色又變得不好了。

顧晗光接著道：「聽琴千弦說，他之所以會去那兒，也是故人托夢，約莫也是路招搖吧，真是陰魂不散。」

我打量著墨青的臉色，看吧看吧，臉更臭了。知道路招搖還在他身邊，還能遣動他的南山主和琴千弦，他一定覺得自己的地位受到威脅了吧！

顧晗光這個臭小子，事情沒辦好就算了，還給我惹麻煩！

墨青知道我與芷嫣關係這般好，一定會開始提防芷嫣，六合劍說不定也不給了！看來，還得找機會向他表個忠心。這種事不能拖，哪怕是讓芷嫣去，也得盡早，越是猜忌越是懷疑，就越難打消心頭的顧慮。

我飄回房間找到芷嫣，跟她解釋了一番，她有點茫然，問我：「怎麼做才能顯得比較忠心？」

「可以告訴他北山主的事，還有一些關於我現在的事，適當地給他一些情報，讓他感覺妳是向著他的。」

芷嫣點頭，倒也鼓足勇氣去了，可沒一會兒，便被打發回來，她看了看我說道：「忙，讓我晚上再去。」

晚上……那不還是得我去嗎！

要不是頂著芷嫣的身體，我都要以為墨青是故意針對我了！

第二章　劍鞘

是夜，我穿著芷嫣的身體去找墨青。進門的時候，剛聽見他與人下令，說要將袁桀囚禁在塵稷山主峰下的地牢裡。

我有點驚訝，袁桀竟然沒跑？更驚人的是，墨青知道他做的事，竟沒殺他？

連背叛過他的人，也可以仁慈地留他一命嗎？墨青這選擇性的仁慈治下，還真讓我看不明白。

不過，不殺袁桀也好。畢竟在我看來，袁桀只是不忠於墨青，沒有不忠於我。甚至他到現在還有幾分死忠於我，不然也不會在要殺柳滄嶺時，說要幫先門主出一口惡氣這樣的話了。

這個老頭，是心裡念著我，才對墨青這般不滿意吧？而事情敗露後，寧願被擒也沒有逃跑，大概是對萬戮門心有留念。

要不乾脆等以後我強大一點了，直接去袁桀面前表明身分，將他從地牢裡撈出來，再讓他當我的左膀右臂……

我心裡正琢磨，目光一轉，瞅見墨青擺在屋裡、正閃閃發光的六合天一劍，我覺得其他事都要往後放一放了。

勾引墨青以表忠心才是正經事。

「師父。」我喚了他一聲，墨青抬頭瞅了我一眼，那個剛與他說完事的暗羅衛，便垂頭領命，識趣地瞬行離開。墨青抬頭瞥了我一眼，神色並無任何波動，比起之前，還多了幾分冷淡。

他垂頭寫字，沒理我。

我小步上前，皺著眉頭，心疼道：「師父一直在忙事情，都沒休息嗎？前天外取劍，昨天還為了救我，你至少兩天沒合眼了……」

墨青聲色淡然：「無妨，夢中也無人相候。」

嘶，他這話意有所指啊。而且聽起來……像是在鬧脾氣？

他是覺得，我入了別人的夢，所以不高興了？難不成他還想在夢裡見到路招搖？

唔，說不定還真是。畢竟一開始我貼上墨青的理由，便是「路招搖會入我夢，我幫你去找路招搖」。可現在，別人都見到路招搖了，他還沒見到，他一定是覺得我辦事不認真了。

站在他的角度上，他這麼疼我、喜歡我，還花時間跑那麼遠給我取劍，結果他交代的事我一件都沒認真辦。

難怪不開心。

釐清了問題，我打算對症下藥，於是往他書桌前一趴，腦袋湊過去看他，可我還沒說話呢，他便先抬眼問我：「妳能使用瞬行之術？」

我有點愣住地說道：「能……啊……」之前與姜武鬥的時候，我不是當著他面使了一次嗎？

得到我的答案，墨青微微瞇起眼，「哦，可我聽說，先前遇上姜武之時，暗羅衛給妳爭取了逃跑時間，妳卻沒走。」

我心頭一凜，這是算舊帳來了！

「我怎麼能拋下他自己逃走！」我一臉正經道，「那是師父你派來保護我的人，我絕不能丟下他！」

墨青身子往後一躺，靠在椅背上，抱著手打量我，「可姜武說，妳要與他談買賣，什麼買賣？」

我一臉正直，「我拿紙錢給他，讓他幫路招搖燒紙錢。」

墨青一雙眼睛涼涼地盯著我，就差在臉上寫著「我看妳還能瞎扯些什麼」這行字了。

我連忙咳了一聲，試圖導回話題：「師父，其實今天來，我是有事情要稟報！」

「說吧。」

我正色道：「師父，今天你來救我的時候，身姿威武，無比帥氣，一身氣勢能上震九天、下撼九泉！師父，你都不知道，我看見你來的時候，就如同看見傳說中的英雄一樣，心尖都感動得顫抖！渾身都叫囂著想撲倒你懷裡，想擁抱你，也想被你擁抱！」

「咳。」墨青咳了一聲。

在他臉頰微微泛紅時，我覺得火候差不多了，於是堪堪打住話題：「師父你那麼厲害，我知道，這世上已經沒什麼能撼動你的地位……唯有那陰魂不散的路招搖，是你的眼中釘吧？」

墨青微微一愣，「眼中釘？」

我點了點頭，繼續道：「對啊。」我又往前湊了一點，「我不是經常給路招搖燒紙錢嗎，就是因為我想和路招搖打好關係，從她嘴裡套出一些情報，好知道她想怎麼害師父，以此來保護師父你。」

墨青挑了挑眉，眸光有些複雜地盯著我：「那她，想怎麼害我？」

我直視著他的雙眼，不躲不避，「路招搖之前和我說，她本來沒打算害你的，結果前段時間她看到你拿著萬鈞劍去她墳前炫耀，又見你把她以前的陣法抹了，柱子臺子也推了，就氣得想回來搶門主之位了！」

我覺得，關於我自己的事，說到這裡就差不多了。像是透露了一些情報，但其實詳細計畫，我一點也沒提。可這些，已經足夠讓墨青重新相信芷嫣了。

我滿滿以為，墨青現在肯定在沉思如何將路招搖的鬼魂找出來的辦法，哪知道他就盯著我，眼神似有幾分哭笑不得，「那妳幫我告訴路招搖。」他身子往前靠了一些，「她若能回來，這門主之位，拱手奉上也無妨。」

他的目光真誠且認真，一瞬間竟讓我覺得他是真心地說出這話。

我微微往後一退，反應過來。

好小子，仗著自己現在實力衝破天際，就滿嘴胡話，諷刺我呢！「她若能回來，這門主之位就拱手奉上」，那是建立在「她能回來」的基礎上啊！

很好，覺得我死了，回不來是吧！

我面上微笑，不動聲色：「師父您可真大方！路招搖一定會被你感動的！」

墨青還是盯著我，略帶三分探究，像是要看穿我的內心一樣，我轉了頭，目光落在六合天一劍上，「說來師父，昨天你就是拿這把劍破開姜武的結界嗎？」

我繞到劍旁，細細觀賞，只見這劍渾然天成、粗獷豪放，然劍刃卻像人工精細打磨過的一樣，纖薄如紙，「當真是奇劍一把。」我正要去碰那劍柄，卻見劍柄之上、粗實的精鋼鐵石之間，隱約有暗紅色的痕跡，看起來……像是乾涸的血跡。

我有點愣神，轉頭望向那方又在批覆門內文書的墨青。

「師父。」

「嗯？」

「你受傷啦？」

墨青頭也沒抬地回了：「小傷。」

六合劍常年受天雷劈打成形，至今天雷仍不停落下，還有護寶神獸在側，天成陣法在下，其取劍難度只怕與萬鈞劍不相上下。他受的傷，不可能是什麼小傷。

我突然想起，昨天夜裡墨青對陣姜武之時，全程沒有拔劍，當時以為是墨青蔑視姜武，現在想來，當時他那般盛怒的情況下，一劍砍了姜武豈不是更加爽快，也不用與他廢話那麼久了。

可見，事有蹊蹺。

我繼續看著墨青。

他察覺到我的目光，終是看了我一眼，像領悟到什麼一般：「怎麼，擔心我？」

他眸光如被點亮似地望著我，唇角弧度欲將勾起。

他這話卻將我問得一怔。

我……擔心他？

這事也太荒謬了，芷嫣可以擔心他，我不行。墨青可是我的仇人啊！

我笑了出來，「本來是很擔心的，不過師父說是小傷，就一定是小傷了，這世上哪有能傷得了師父的東西嘛。」我轉手拿了六合劍，比畫兩下，沒給出墨青想要的回答。

我餘光瞥見墨青收斂了方才閃亮的目光，隱了唇角弧度，神色頗有幾分自嘲。容我多情地揣測一下，他現在倒真有幾分受傷的模樣。

我比畫著劍，轉頭問他：「師父，這六合天一劍沒有劍鞘，劍身上的閃電，怕是會誤傷他人。」我玩劍倒是沒事，就怕回頭拿給芷嫣擺弄，把自己給傷了，還是加個劍鞘妥當。

墨青聞言，點頭：「是需弄個劍鞘。」神色間，是把方才那個小插曲全然揭過去了。

我自是不再提及，只往他桌子上一趴，道：「送佛送到西，師父，不如你再送我個劍鞘吧。」我琢磨了一下，「劍鞘多是沒有現成的，可市集上一定有人做……」

墨青應了，將筆一放，站起身來，「豐州城中當還熱鬧，現在便去讓匠人做吧。」

咦，現在？

墨青還真是個雷厲風行的脾氣呢……

片刻後，墨青便帶著我來到了豐州城。

這裡與江城不同，如果說江城是在仙魔兩道夾縫中發展起來的貿易之城，那豐州城便是完全屬於魔道的邪惡之都。

萬戮門在這裡有絕對的控制權，但也不阻礙其他小的修魔門派之人在此玩樂交易。比起江城的世俗繁華，這裡更像煉獄裡的狂歡場。吃喝嫖賭，殺人練功，明裡暗裡都是一片混亂。

正因如此，這裡什麼都有。不管是想像得到或想像不到的，只要有錢，什麼都能買到。

許久沒有處在這種環境裡，我不由深吸一口氣，「我好喜歡這裡！」

以前萬戮門與豐州城相比，雖說沒這麼狂亂，更加肅穆一些，但這種邪惡的氛圍卻是相同的。

「妳不是仙門弟子嗎？」墨青在我旁邊閒著問了一句。

我轉頭看他，轉了轉眼珠：「師父，這證明，在我內心深處，早就與你繫上緣分的結了！」

我說著這話，趁機拿小指勾住了他的小指。不多的觸碰，細小卻撩撥人心。

墨青眸色深了一瞬，又轉開臉，「走吧，去買劍鞘。」

第三章　西山主

招搖

行走在市集上，形形色色的妖魔鬼怪都朝我與墨青這邊瞅。

一開始，我還以為是墨青長得太好看，引人注目，後來才發現是我手上的六合天一劍吸引了他們的目光。想來也是，墨青這一襲黑袍毫不張揚，體內修為也已至返璞之境，從外表看，完全不會知道他是什麼樣的人。

而且據前段時間的瞭解，墨青在接掌萬戮門後，也鮮少離開塵稷山，是以除了萬戮門的高層，恐怕世人也不怎麼知道他的模樣。

反倒是這六合劍，握在手上，一路劈啪作響、閃個不停，就差扯著嗓子吼道「看我看我，我是天劍六合」了……

這麼招搖，我很喜歡。

我昂首挺胸，走得很是驕傲。

其實在豐州城露財是一件很危險的事情，因為保不定暗裡一隻手就能將你的財富劫走。我以前是一點也不怕，就是要在豐州城擺著闊走，前面遣八個人給我清道，中間請八個人給我抬轎，後面請八個人給我吆喝，讓圍觀群眾都給我把眼睛放亮點、身子放低點，因為我路招搖來了。

現在雖比不得以前，我的身分不一樣了，擺的闊也不似從前，心裡難免有一點委屈和失落，可我還是不怕，因為我旁邊是萬戮門主，欺負他們還是能欺負得妥妥當當！

「師父，我們要去哪裡買劍鞘啊？」我問墨青。

墨青望了一眼前面的小巷子，「就快到了。」

走進巷口，隔絕外面的喧囂與打探的目光，墨青在一處房門前輕扣三聲。不一會兒，便有人從內裡開了門。進門是個與尋常人家一般的小院子，但這開門的人，可與尋常人家不一樣。

我瞅著門口這「人」頗感興趣地上上下下打量了一圈，「倒是個靈活的木頭人。」

它通體由大大小小的木塊組成，像個沒有線的提線木偶一樣，張了張嘴，給我與墨青鞠了個躬，「您好，找誰？」

早在我死之前，便知江湖上有人修練機關術，可那時候還沒人能做出這種東西來，想不到不過幾年時間，他們修機關術的，已經進步如此之大。

「司馬容。告訴他厲塵瀾來了。」

聽到這個名字，我不由一愣，他剛才說誰？

墨青轉頭看我，眉梢挑了挑，「怎麼，妳認識？」

我壓住心頭疑問，清咳一聲：「不認識。」

怎麼可能不認識！司馬容是我的西山主啊！主管萬戮門的情報網！我在的時候，想知道的消息，只要問司馬容，就能瞭解得一清二楚！

那可是我的大將！名副其實的左膀右臂啊！

這小子居然把司馬容遣到豐州城這種地方來？雖說這是個邪惡之都，可離塵稷山還是有些距離，他這算是把我的西山主……流放了嗎？

木頭人進了屋，沒一會兒，司馬容從屋裡出來，有點出乎我的意料之外，他竟是……坐在輪椅上，讓木頭人把他推出來的。

「塵瀾如何得空來了？」

咦，什麼？居然叫得這麼親密？

他們什麼時候關係這麼好了，我怎麼不知道？

「來讓你做一把劍鞘。」墨青從我手裡拿過六合劍，遞給司馬容。

我不由得又懵了，這什麼情況？我的西山主不幹情報網了嗎？改修機關術了？開始幹鐵匠活了？就在這小院裡？還賣別的什麼嗎？對外出售嗎？他腿又是怎麼斷的？而且……

如果是被人打斷的，那小醜八怪有幫你打回去嗎？

我的左膀右臂被人打斷腿了耶！

這等於我被人打折了一根手指頭啊啊啊！

西山主斷腿，顧晗光沒治好，這已經不單純是人受傷的問題了，這是我萬戮門被人欺負了！小醜八怪，要是被我發現你沒有好好處理這事，我遲早會打斷你的腿！

「六合天一劍？」

司馬容接過劍，眼眸裡映著六合劍的光，有些閃閃發亮，他在手中細細一審，讚道：「不愧是傳說中的天劍，十分劍氣裡，自帶三分殺意。」司馬容好似想起什麼往事般微微一笑，「我記得，以前招搖也提過這劍，只是嫌仙島路遠，取劍耗時，未曾得手。而今，你能取到此劍，存於萬戮門中，也算是圓了她一個心願。」

這不叫「算是」，這就是圓了我一個心願，因為這把劍確實落到了我的手中。

難得，我的西山主，竟然還記得我提過的話。

我在心裡感慨，我這西山主，為人最是溫和，第一次遇見他時，正值他家道中落。

一個小小仙門，被仇家血洗，他艱難逃出，於流民之中討食為生。我碰巧路過，見他頗有根骨，便給了他吃食，將他收入萬戮門下，指了個師父教他術法。

後來沒隔幾年，我給他指的那師父死了，他便自己天南地北地出去闖蕩。

我尚記得，當年還算個少年的他，跪在無惡殿前，與我磕了頭，鄭重其事地說：「門主，司馬容如今沒什麼本事，無法為門主效力，難報門主再造之恩，求門主首肯，許我外出歷練，他日學成歸來，必對門主竭誠以報！」

那日，他青澀中帶著點緊張的聲音，還猶似在我耳邊迴響。

我准了他這個願望，讓他在外歷練，那幾年常從外面傳回來消息，說他又結交了多少好友，又在江湖當有了多少成長。

終有一日，這個少年回到萬戮門，只是他已經變成青年，身姿俊朗，氣質溫潤，能在無惡殿上與我談笑風生、毫不怯場。

他再不是那個青澀少年，那顆忠義之心卻是從未改變。

司馬容回山時，給我帶回來的，是他在外一手建立起來的情報網。當時雖還不夠完善，可後來萬戮門能「一日遍知天下事」，全是借著這情報網慢慢成長而來。

如司馬容所說，當真是為萬戮門盡心盡力，對我竭誠以報。面對這樣的好門徒，我自是回以最大的優待，將西山主的位置送予他。他情報厲害卻修為不高，我便派暗羅衛貼身保護他。

直到我死，司馬容未曾做過一件讓我失望的事，我也未曾辜負他。

說他是我最親密的左膀右臂，並不過分。

不過，現在……

我這西山主，言語裡雖對我多有懷念，可他為什麼……和墨青關係這麼好呢？

不知道我是被墨青殺的嗎？

我在一旁盯著他，有點不開心。一直盯到司馬容終於把目光從墨青臉上挪開，掃了我一眼，「這位是？」

「徒弟。」墨青答了一句，「劍是幫她取的。」

「哦。」司馬容淡淡應了一聲，垂頭看了看手中的劍，「也是，這麼好的劍，空放著也是浪費。」他呢喃一句，默了片刻，才抬頭望向墨青道，「先進來坐吧。說說，想要怎麼樣的劍鞘？」

穿過小院入了屋內，只見屋裡上下兩層，沒有階梯，全是鋪好的斜坡，方便輪椅上下。屋中上上下下忙碌著的還有幾個木頭人，它們各行其事，比人還規矩。角落裡還有一些木頭鳥、木頭馬擱置著。

一整個木頭大觀園……

奇怪，我記得西山主以前沒這樣的愛好啊。

在屋裡瞥了一圈，我的目光停在大堂正中央，一個方形的几案，案上放著一個木頭搭的無惡殿模型。模樣精緻，一根一根細木頭搭上去，看來極費工夫。

見我盯著模型發呆，司馬容道：「閒來無事，便搭著玩玩，以慰想念。」

他說以慰想念……那就證明他是想回塵稷山的，可他想回卻沒有回……

定是墨青這個小醜八怪把他流放到這裡了！眼看西山主念著我，不願給他辦事，於是墨青就針對他了！

現在他囚了我的北山主，流放了我的西山主，只留了個看不慣我的顧晗光，天天在塵稷山晃蕩。

這個小醜八怪！心思真是深得很！

我陰森森地瞪了墨青後腦勺一眼。

墨青正接過木頭人遞過來的茶杯，恍惚間手指微微一僵，我怕他察覺我按捺不住的怒火，於是背過身去看別的東西，只聽得墨青在身後與司馬容道：「若想念塵稷山，回去便是，西山主的位置，一直給你留著。」

墨青讓他回去？我不禁豎起耳朵。

司馬容一聲笑道：「不了，想念歸想念，卻是離不開這裡。」

什麼？我的西山主不願意回塵稷山？我轉過頭，審視著司馬容。

「而且，我在塵稷山，本就是為了報招搖的恩情，既然她不在了，我也沒必要繼續留在那裡。你把萬戮門打理得很好，江湖上早有傳言，塵瀾不日便要登上魔王之位，我這殘疾之身，不宜走動，且……這命數也不知何時將盡。他日登王大典，怕是不能參加，在這裡提前賀你一句吧。」

墨青沒有接話。

司馬容也不甚在意，只將六合劍又拿起來看了看，「且說說吧，打算弄個什麼樣的劍鞘？我也做了好幾年的機關了，做劍鞘，應該不會讓你失望。」

司馬容，做劍鞘你不會讓我失望，可做西山主，怎麼就這麼讓我失望呢！

我走了，你就什麼都不爭了嗎？

你這孩子，怎麼這麼沒有拚勁呢！

憑我以前對你的關心與愛護，憑你在萬戮門裡的威望與聲望，就沒想過篡個位什麼的嗎？把墨青捅下去自己當王啊！

跟了我這麼多年，怎麼連點上進心都沒有呢？看看人家姜武，一個門外之人，為了門主之位，都比你有能耐！

第四章　小圓臉

司馬容不打算篡位，如今我這個身分也沒辦法攛掇他，萬一沒搞好，沒挑唆成功，倒讓自己在墨青面前暴露，可就不划算了。

我和他簡單說了幾句關於劍鞘的事，就坐在一旁玩木頭，而墨青與司馬容一同入了製作坊，只交代我一句：「我有事與西山主商議，妳且在外面等候。」

我揚起大大的微笑，懂事且溫柔，「好的師父。」

坊門關上。

我心裡是一萬個好奇。

之前在塵稷山，墨青連藏書閣都讓我去了，如何處置北山主也讓我聽到了，我還以為他不會有事再避著我呢，原來還是有的。

想到司馬容待墨青那溫和的態度，還有那一聲聲親切的「塵瀾」……再連著司馬容離開塵稷山、墨青穩穩坐上門主之位這些事一起琢磨，我不由生出了一些……遐想？

當初墨青殺了我，門主之位理當是他的，可他能將這位置坐得穩妥，必定少不了有人輔佐。

北山主袁桀至今仍對墨青多有不滿，他不會幫著墨青；南山主顧晗光又是個冷漠性子，不愛搭理其他事；東山主是個瘋丫頭，一年見不了她幾面，我從禁地出來這麼多天，都沒在塵稷山見過她，大概是在我死後，嗷嗷哭了幾場就跑掉了。

唯一會幫助墨青，且是強大助力的，就是司馬容。

可他明明才是最適合繼承門主之位的人，竟心甘情願地輔佐墨青……

我越想越好奇，正在這時，屋內忽然傳來砰一聲，像什麼東西掉在地上似的。

哎呀，裡面到底是什麼情況？我實在太好奇了！我掐了個千里眼的訣，往裡面望去，只看到黑漆漆一團，定是墨青用法力遮住了我的視線。

看不到情況，我心覺無趣，只得在一旁尋了張椅子坐下，這剛一坐下，我突然有了聽牆角的法子了。

我脫出芷嫣的身體，飄了出來，今天沒有修菩薩道的琴千弦在，一般的結界我都能穿過去。

可我剛要往那邊飄，耳邊忽然傳來一聲呵斥：「站住！」

我一愣，往旁邊一瞅，卻見房間周圍與方才沒兩樣，木頭人都在幹著自己的事情，唯有……高高的房梁上，長長的頭髮慢慢垂了下來，一個白衣女鬼從房梁上倒吊著，落了下來。

慶幸，之前去了那麼多次鬼市，什麼稀奇古怪的鬼都見過了，今日要是換成芷嫣在此，怕是會嚇得一命嗚呼。

白衣女鬼站在我面前，攔住我，「妳是什麼鬼？」

我抱著手，微微瞇了眼睛，司馬容這房子看起來不錯，沒想到是個陰宅啊。莫不是他搬到這裡後，被這女鬼害斷腿的吧？我上下打量女鬼一眼，圓臉杏眼，除了面色太過蒼白外，看起來是個可愛的小姑娘。也不是厲鬼嘛，害不了人。

見我不答話也不怕她，小圓臉皺了皺眉頭，圍著我繞了一圈，然後指著芷嫣道：「妳搶了人家的身體？」

「沒啊。」我坦然道，「人家主動給我的。」

小圓臉愣了一瞬，隨即又是一皺眉，斥道：「胡說！人怎麼會主動把身體給妳？妳到底是什麼鬼？來這裡做什麼？」

我歪著腦袋看她，一笑道：「與卿何關？」言罷，我不再理她，徑直穿過她的身子要去聽牆角。

沒想到，在我即將穿過坊門時，小圓臉忽然猛地躥到我身前，速度快得讓我驚異。

「妳想傷害阿容？」她一聲厲喝，我被喝得有點愣神，聽她對司馬容的稱呼，她生前難道與西山主很熟悉？既是熟人，那我報上身分也無妨。

「我……」

「誰也不能傷害他！」

小圓臉打斷我的話，周身登時爆出一股力量，硬生生將我推到芷嫣身旁。

我眨了眨眼，覺得有點不可思議。

這小圓臉，竟然能震開身為鬼魂的我？

我轉頭看她，只見她周身有忽黑忽白的氣息閃爍，她盯著我，眼神卻又像盯著別的地方，「誰也別想傷害他。」她自言自語地說著，「我會保護他的。」

她這身氣息，竟像馬上要變成厲鬼似的。

方才分明還好好的……她以為我要去害司馬容？這觸及到她的底線，所以惹怒了她？她如此在乎司馬容，可我不記得司馬容身邊有這樣一個女子啊。我蹙眉問她：

「妳和司馬容是什麼關係？」

「司馬容？」她一臉戾氣褪去，幾分茫然地盯著我，「司馬容是誰……」

我有點搞不懂了，「妳不是要保護阿容嗎？妳不知道他的名字？」

她呆立在原地，眼神發愣，嘴裡不停默念司馬容的名字：「我不知道。」她呢喃著，「我不知道，我忘了……他是誰，和我什麼關係……我忘了……」看這模樣，竟有幾分瘋癲。

我覺得我又漲見識了，原來……鬼也是會發瘋的……

見她如此，我便沒有再問，以免又觸及到她敏感的情緒，導致她朝厲鬼的道路奔去。

此時，坊門吱呀一聲打開，墨青走了出來，身後跟著推著輪椅的司馬容。

墨青目光往芷嫣身體上一瞥，司馬容也看了過去，「睡著了嗎？」

聽他說話，小圓臉轉頭往那方一瞅，目光徑直落在司馬容臉上。她臉色一變，「阿容，司馬容……我不會忘的，我會保護你……」她說著，眸光一轉，直愣愣地盯著我，「我不許妳傷害他！我不會再讓任何人在我面前傷害他！」

她一身戾氣大漲，我一驚，只覺得奇冤無比，「誰說我要傷害他了！」

此時，她顯然再聽不進別人的言語，愣頭向我衝了過來。

我側身欲躲，可這魂魄之體，饒是吃過神行丸，也沒有這終生束縛於此地的厲鬼來得快，我只覺一股凶戾之氣穿胸而過，胸膛竟如活著的時候一般，有著撕裂的痛感。

如此真切且久違的疼痛讓我失神了好一陣，一轉頭，這個怒紅了眼、儼然一副厲鬼狀的小圓臉竟還要往我身上衝。

這亂拳打死老師傅的主，天知道我會不會被她撞得魂飛魄散！我往後一退，徑直往芷嫣的身體裡倒去，眨眼間，四肢傳來沉重的感覺。

我猛地抽了一口冷氣，驚醒般睜開眼，耳邊墨青與司馬容的談話戛然而止，兩人皆轉過頭來看著我，而那小圓臉的厲鬼已經不見了。

看來，她也沒厲害到能干擾活人的地步。

我揉了揉胸膛，還在琢磨著小圓臉到底怎麼回事，一道黑影便在我身前蹲了下來。

墨青仰頭望著我，一雙黑瞳裡滿滿都是我的身影，「怎麼了？」

身為萬戮門主，這樣蹲在一個人面前，他好像一點也不覺得是件有損威嚴的事，他只關切地看著我臉上每一道細微表情的變化，忘了像平時那樣藏匿自己的情緒。

我看見了他眼眸裡的擔憂，還有不知為何而起的……懼怕？

怕什麼？我又不會死。

我壓住情緒，「剛才你們進去說話，我不小心睡著了。」我瞇眼笑了笑，「做了個小小的惡夢，還好師父你出來了。」

他並沒有任我將這話敷衍過去，而是繼續追問：「什麼惡夢？」

「夢見惡鬼索命啦，從這個房梁上落下來，然後要殺了我呢。」我抓著墨青的手，「師父，我好怕呢，你以後不要再丟下我一個人走了。」

墨青眸光一沉，「我沒有丟下妳。」他正說著，身後的司馬容倏地笑了出來。

好像我的撒嬌讓他覺得無比好笑一般，好一會兒都沒有停下來。我記得上次見我的西山主笑成這樣，還是袁桀那老頭子和仙門的人打架閃了腰，要顧晗光給他推拿，顧晗光下手重，北山主嚷得和平常山下的老頭沒什麼兩樣。

司馬容就在旁邊看笑話，止不住笑。

現在我不就是給墨青撒個嬌嗎……

怎麼，難道他見不得人撒嬌嗎？

終於，在墨青斜了他一眼後，他停住了笑，「芷嫣姑娘。」他喚了我一句，「夢境而已，不必當真。妳隨我來，去挑挑妳喜歡哪種木頭吧。」

木頭人推著司馬容去了後院，我也跟著走了過去，這次墨青沒跟來，司馬容抬頭望了我一眼，眸光幽深，「芷嫣姑娘，我從沒見過他這般寵著誰呢。」

「哦，可能是因為我比較可愛吧。」

我應付一句，在轉角處回頭瞥了一眼，果真見墨青在屋子裡四處打量，像是在尋找什麼一樣。

難道他察覺到了小圓臉的戾氣？這小醜八怪果然厲害，來自另一邊世界的氣息，都能這麼敏銳……

我心裡正在琢磨，卻又聽見司馬容的笑聲，他掩著唇，笑得咳了好幾聲，才堪堪止住。

我不理解地盯著他，我的西山主，在這房子裡住著難道也瘋了嗎？怎麼變得這麼愛笑？

似感覺到我的目光，司馬容抬頭瞅了我一眼，嘴角又是一陣笑聲溢了出來。哦，敢情是芷嫣長得很好笑嗎？司馬容擺擺手，終是不再看我，目光望向遠方。

「姑娘見笑，只是不知為何，看見姑娘，像是見到了故人一般，心中懷念至極啊。」

故人？誰？我路招搖嗎？

你開玩笑吧？你以前要敢在我面前這般笑話我，我保證能打斷你所有的腿！

第五章　心動

司馬容將我帶到後院放置木頭的房間裡，裡面各種各樣的木頭看得我眼花繚亂。我素來最怕這些瑣碎的事，挑東西時永遠只有一個原則——

「哪塊是最貴最好的？」

司馬容笑了笑，「芷嫣姑娘倒不是客氣人。」

我何曾同西山主客氣過？然則而今換了個身分，還是得扯個藉口糊弄：「司馬先生與我師父關係如此好，與你客氣不就生疏了嗎？」

他倒也沒多計較，推著輪椅到了小屋最裡面，從一堆木塊下方取出來一塊，「這裡的木頭沒有便宜的，只是若要論合適，這塊玉龍血木與六合劍可謂絕配。」

我細細一瞅，只見那是一塊暗灰色的木頭，與六合劍劍柄上的石紋極為相似，而在那灰色中間，隱約夾雜著些許鮮豔的紅色，若隱若現，看似低調，卻讓無法人忽略那奪目的存在。

粗看平淡無特色，細看張揚有內涵，是我喜歡的風格。

「行，就它了。」

司馬容應了，一邊抹著木塊上的灰，一邊狀似無意地提了一句：「聽聞芷嫣姑娘能於夢中與先門主交流？」

我一愣，心道，難道方才墨青避開我，就是為了和司馬容說這件事？可如果只是單純說這事，完全沒必要避開我啊。

難道……墨青其實已經發現芷嫣這具身體裡藏的祕密了嗎？還是說，墨青還有別的密事要與他商議……

我藏了情緒，如往常般道：「先前不慎在路門主墳前一撞，後來便常夢見門主託我給她燒紙錢，也算是能交流一二。」

「哦。」司馬容點了點頭，抬眼看我，溫柔的眸光映著屋內小心罩起來的燈火，頗有幾分朦朧，「若是如此，在下有一事想勞煩姑娘。下次姑娘若有幸再見得先門主，且代我向她道歉。」他說著垂斂了眸光，「若是在下雙腿尚好，此時便該跪下謝罪，無奈這殘廢之體，連致歉也無法全誠……」

他的語氣沉中帶痛，說著我活著的時候未曾聽過的謝罪之語。

「你欲向她謝什麼罪呢？」

在我心裡，西山主司馬容，於我從無虧欠，他報給我的恩，已遠遠大於我施給他的情了。他對我並沒有什麼罪要謝，反而是在我不知道的時候，他失去雙腿，我這許諾要護他橫行天下的門主，才是有愧於他。

司馬容垂著眼眸，靜靜看著手中玉龍血木：「當年劍塚一戰，仙門埋伏，若非我消息有誤，不至於連累門主身死異處。」

我聞言一愣，從未想過司馬容竟有如此想法。

不過若要論當年的實情，我確實也是因為沒收到十大仙門埋伏於劍塚的消息，才那般任性地將門人都留在外面與其他魔道廝殺，隻身入內……

我思索了一下，伸手過去抱著司馬容手上的木頭，以免這木頭礙了他推輪椅的手，我一邊往外走一邊道：「江湖險惡，特別是魔道之人，過的從來都是刀口舔血的日子，我知道在這條道裡，沒有哪一個榮耀不是拿命去博的。路招搖是聞名天下的大魔頭，又漂亮又聰明，她必定通曉這其中道理。」我藉機自捧兩句，復又肅了神色道，「她中了埋伏，身死異處，是她處理不當，怪不得你。不過你這句歉意，我會帶給她的。」

司馬容望了我一會兒，微微一笑，「我知道先門主不是斤斤計較之人。世人如她那般通透豁達的，也沒有幾人了。」

嗯，好小子，不愧是當過我左膀右臂的人，就是比其他人更瞭解我一些。

「只是我這一生……」司馬容拍了拍自己的腿，「怕是永遠不會原諒自己了。」

看著他哀傷的神情，我差點就忍不住說出自己的身分，說我不怪他了。

好險，我沒這麼善良。

選好木頭，回到前廳，司馬容將木頭在六合劍上比畫了一下，估算了製作時間，讓我五天後來取。

他與墨青也沒再說別的話，道了別，墨青便帶著我離開了。

離開司馬容的院子，墨青並沒有直接回塵稷山，而是在豐州城市集上走了一會兒，他不著急回去，我見天色還有一會兒才亮，便也沒有著急。

我心裡一邊琢磨著事，一邊隨著他走，忽然嗅到路邊賣烤串的地方飄來十分誘人的香味，我鼻子剛動兩下，墨青便往那方走去。

他往那裡走，我自是跟著他。

在路邊小攤上坐下，叫了些吃食，一開始我被這烤串的美味俘虜得什麼都沒思考，就關注著這肉串用料十足，香料誘人，咬下去表皮焦脆，內裡有汁，焦香酥嫩，唇齒留香，我一連吃了十來串，直到有點飽腹感了，才抬頭望了眼一直盯著我的墨青。

我往四周看了看。

但見周圍都是一群低級魔修，三五好友地坐在這小攤上，一邊吃肉一邊喝酒，閒聊胡侃著天下大事，活像他們親身經歷了那些事一般。

而剛才……我這個萬戮門前門主和萬戮門現門主，就這樣絲毫不講身分地和這些人一起，坐在路邊烤串攤上，狠狠吃了一頓……

不對，是我狠狠吃了一頓……

墨青問我：「還要吃嗎？」

我舔了舔嘴，小醜八怪，竟然敢誘惑我。我今天……接受你的誘惑就是了！

我打算徹底放下過去身分的包袱，反正現在用的是芷嫣的身體。沒看出來這小女孩身材乾巴巴的，肚子還這麼能吃！都怪她！

我目光堅定地開口：「師父，我還要再十串。」

墨青一聲低笑，「好。」

我又拿了一串起來，咬了一口，看了他一眼：「師父，你不吃嗎？味道還不錯。」

他就這般一動不動地盯著我，「我看妳吃。」他頓了頓，微笑道，「味道也很不錯。」

我差點被一口肉噎死。

天啊，我剛才聽見了什麼？

這個悶騷的小醜八怪好像對我說了調情的話？而我竟然……還聽見自己心臟噗通噗通的聲音，和前幾天看見小醜八怪的微笑時一樣。

毫無防備、突如其來地，像被人在心口撞了一鐘，大響一聲之後，回音不斷，嗡嗚震顫。

我吞下口中的肉，轉開了眼，然而轉念一想，我躲什麼，現在是我勾引他啊，他這一副被我妥妥地勾引住了的樣子，我應該感到驕傲自豪並直接撲上去了。

我……害羞個什麼勁？

我在心裡鼓起勇氣，轉過頭，打算和墨青撒個嬌，也回上一句情話，哪想剛抬起頭，就見側著腦袋，拿手支著，微微擋住臉，目光使勁往遠處放的墨青。

他沒敢看我，是因為說了方才那句話……他自己也害羞了嗎？

難道那就是傳說中的——脫口而出？

我看著扭頭看遠方，扮冷漠、裝高深，就是不看我的墨青，不知為何，心裡陡然升起兩個字。

可愛。

我竟覺得，這樣的墨青，滿可愛的。

我轉過頭，適時隔壁桌正好有一扛著大刀的彪形大漢坐下，他那把刀磨得錚明瓦亮，似鏡子一般映出我的臉，就這恍然一瞥，我見到芷嫣這張臉的嘴角，竟勾著一縷若有似無的微笑。

我竟然……沒意識到自己在笑？

太可怕了，難道芷嫣這個身體裡，除了我以外還有別的什麼魂魄闖進來了嗎？

我左探右探，最後終於認了，那個笑容就是我沒錯。

我清咳一聲，打算不去細究這件事情，連忙尋了個話題問道：「方才在那院裡琢磨了一下，想起司馬容不就是萬戮門的西山主嗎？我聽說以前路招搖在的時候，他可是她的左膀右臂，應該很厲害吧。」

「嗯。」墨青只應了一聲，並未多答。

我只好多問一句：「那為什麼不想辦法讓他回去呢？或者說，他為什麼不願意回萬戮門呢？師父你現在已經那麼厲害了，有他相助，必定事半功倍。」

「萬戮門之事我能擔待，至於他的生活，隨他心意才是最好的。」

將司馬容維護到這種程度，便是以前的我也做不到。墨青這是……將司馬容當成至交好友了啊。

新叫的烤串上桌了，我便沒再繼續問。

萬戮門的西山主腿斷了，那可是一件大事，照理說在江湖上不可能完全沒有聲息。與其我直接問墨青，讓他起疑，還是先回去問問芷嫣，瞭解大致情況後，再細查裡頭的事。

還有那隻飄蕩在房間裡嚇唬人的小圓臉……以及今天司馬容和我道歉，說因為消息有誤，才致我身死。

消息到底為什麼會有誤呢？

我這西山主，在我離世以後，身上的事看來還有得細解呢。

第六章　南月教

回了塵稷山，墨青與我各自回屋。

我用芷嫣的身體鑽進被窩後，讓魂魄離了體，也不讓芷嫣進去，先逮著她問了當年我死後的事情。

芷嫣答得馬虎，說她那時候還小，又被嬌養著，不太清楚江湖上的事。只知道司馬容斷腿這一事，其實是被十大仙門之一的南月教設計陷害了，但到底是怎麼設計的，她卻不不知道。

我摸著下巴琢磨，芷嫣說的南月教，在我印象裡，大概算得上是十大仙門裡最沒存在感的門派了。他們偏居西南，距離隔得遠，教主又是個愛搞神祕的人，其他門派的事他基本不摻和，連當初劍塚一戰也沒見到多少南月教的人。

這樣的門派，居然會設計陷害司馬容？

「這是哪一年的事？」

「這個嘛……」芷嫣想了一會兒，「當初劍塚一戰後，妳身死，厲塵瀾登位，江湖上沸沸揚揚地鬧了許久，好久之後大家才有時間去關注別的消息。那時，司馬容的腿就已經斷了。」

我皺起眉頭問：「厲塵瀾知道司馬容被南月教害了，什麼事都沒做？」

「做了啊。」芷嫣眨巴著眼看著我，「雖然現在大家口頭上還是說十大仙門，可實則只有九個仙門了。」

我一怔。

芷嫣指了指牆那頭的墨青，表情有點畏懼，「南月教被他滅了。」

我發了一會兒愣，故作淡定地「哦」了一聲。

我一直以為墨青那般仁慈治下，還地於民，給人施粥，在江湖上必定不會有什麼大動作呢，原來他只是用和藹可親的帕子來遮掩手上的鮮血啊。

「這件事我倒還記得清楚些。我常去鑒心門找滄嶺，那段時間鑒心門裡，總是客來客往，每位長輩都是一副焦頭爛額的樣子，後來厲塵瀾一夜血洗西南……」

我打斷芷嫣，「厲塵瀾在滅了南月教之前，你們就得到消息了？」

「對啊，他散出消息，說三月之內，必屠南月教。」

我挑了挑眉，又是一個沒想到，這小醜八怪竟是一個這麼高調有血性的人。

換成是我，就直接帶人殺過去了。等完事後，看幹得漂不漂亮，要是幹得漂亮就拿出來炫耀一番，要是幹得不漂亮，就悶不吭聲。反正我之前也沒通知過誰，只要讓人知道，南月教對不起萬戮門，我萬戮門不吃這些虧，就行了。

墨青卻提前三月將自己的計畫公布天下，這不是告訴人家提前做好準備嗎？萬一揍得不好看，丟自己面子不說，揍人的難度也大增不少吧。

最後墨青當真屠了對方教派，直接將南月教整個從十大仙門裡面抹去——這就很威風了。

我心想，這應該算是墨青接手萬戮門以來，在江湖立下威嚴的一戰吧。所以芷嫣如今見了他，才怕成那副德行。在他們看來，墨青是個心狠手辣並不輸於我的魔頭。

我瞥了芷嫣一眼，揶揄她：「你們仙門，互相稱兄道弟，這種生死緊要的關頭，怎麼不見你們幫一把？」

「劍塚一戰，各門各派都調集了自己最精英的弟子，一戰之中全軍覆沒，各大仙門哪能恢復得那麼快……」

我指了指牆那邊的墨青，「看，人家就恢復得那麼快啊。」

芷嫣撇嘴，苦著臉說道：「他那是一個人去幹的，又沒叫上萬戮門的弟子。」單槍匹馬殺入南月教，屠了人家一整個門派……我不由得挑了挑眉梢，司馬容斷腿，墨青這火氣大得有點出乎我的意料了。看來他們之間的關係，委實不簡單啊。再沒問出別的，隨著外面太陽升起，芷嫣回了魂。我派了任務給她，讓她上午打坐修行，下午去找人幫我燒紙錢。我則飄到墨青那一方，打算跟著他審查審查，看他是不是已經察覺出芷嫣身體裡的端倪。

可這一整天跟下來，墨青好像沒什麼異常，做著門主日常該做的事，到下午的時候，芷嫣出了門，就有暗羅衛偶爾報上芷嫣的行蹤，墨青也只是一邊看著文件一邊聽。

我在他身邊觀察他，看著他翻紙頁的模樣，一會兒看他眼睛，一會兒看他鼻子，眼神在他身上流轉，他卻半分沒察覺到我。

這張臉實在賞心悅目。

我索性仰頭一倒，躺在桌子上，蹭到他正審看的文件上，他的目光透過我的臉看著後面的文字，卻看不見近在咫尺的我。

我就占著這個便宜，盡情地偷看他，感覺到他翻閱文件的手在我的身體裡挪動。

人都說琴千弦被我抓來看了一晚上，看出了心魔。那墨青呢？如果他知道我就這樣一直盯著他，看了他那麼久，他也會有心魔嗎？

我伸出手，想去觸碰他的眉眼……

我其實有點期待墨青被我看出心魔的樣子呢。

想著他隱忍、害羞、抗拒的模樣，我就不由得升起一股微妙的成就感與滿足感。

我的指尖穿過他的眉眼，他一無所覺，就這般躺著玩了好一陣，又是一個暗羅衛進來，規矩行禮後稟報著，說芷嫣在山下遇見了柳滄嶺。

聽到芷嫣的名字，我恍然回神，看了看自己半透明的手，我一個旋身，重新在書桌邊站好。

我怎麼迷糊了，勾引墨青，不過是占了芷嫣身體後，因為處於弱勢，被迫而行的舉動罷了。勾引他是我達成目的的手段，怎麼……還變成習慣了？

而且，如果墨青知道是路招搖在勾引他，哪還會隱忍抗拒，只怕早就手起刀落，血濺當場了。

我在桌邊抱著手站著，強迫自己壓下心頭思緒，嚴肅了表情。聽那方暗羅衛稟報著芷嫣在山下與柳滄嶺相遇，好生糾纏了一陣，墨青面上並無表情，好像這件事根本沒進他耳朵一樣，只是隔了一會兒，他問了一句：「鑒心門最近有無異常？」

「回主上，並無異常。」

我聽聞這個回答，暫時轉開對別的事情的關注。

鑒心門最近一切正常？他們的少主走丟，一直在塵稷山下待著不走，正常人都會懷疑，可他們居然什麼都沒做？

完全……沒有異常？

這就是最大的異常。

墨青將手中的東西放下，眸光微斂，似沉思些什麼，隨後喚來暗羅衛衛長。

我以前的衛長是個孔武有力的漢子，現在已經變成一個斯斯文文、蒙著臉的佩劍青年。

墨青吩咐他：「去查查鑒心門的近況。」

「是。」衛長應了一聲，人便瞬行而去。

以前暗羅衛只管檢舉萬戮門內的事，現在司馬容離開了，墨青就將司馬容的職責也交給暗羅衛了嗎？

我在墨青身邊又待了一會兒，可不知為何，越待越是有點不自在，我乾脆退出他的房間，回了濯塵殿，打著坐等芷嫣回來。

我打算今天晚上去一趟鬼市。關於那個小圓臉的厲鬼，我還有事要去查，而且……得給芷嫣買個神行丸，以免日後要用到她的時候，拖我後腿。

第七章　遺忘

夜深，塵稷山下的小樹林裡一片寂靜，我探看左右無人，便坐在樹下，脫出芷嫣的身體。看見陰森森的鬼市，我沒急著往賣神行丸的店鋪去，而是轉身，往樹林深處去。

這樹林子裡有個酒家，鬼生寂寞，不少孤魂野鬼都像活人一樣，在裡面點些菜、喝點酒，找個在裡面工作的鬼，陪著說說話，回憶過去，展望未來，然後繼續做一隻渾渾噩噩的鬼。

這種地方，消息最多。

我先前沒錢，也不覺得寂寥，與這些普通的鬼沒什麼好聊的，情願在自己的墳頭飄著。現在要打探消息，就是另外一回事了。

我到了店門口，往裡面張望，有三、四隻鬼零零散散坐了幾桌，有的安安靜靜地喝酒，有的嘮嘮叨叨地說話。

店小二比其他店鋪要熱情多了，迎了上來，笑問我：「姑娘……」

「路招搖。」我報了名，直接往裡面走，就是對自己的錢財這麼有自信！

之前買入夢丹時，帳上約莫剩一萬錢，現在又燒了幾天紙，應該多了不少錢。

這酒家不沾橫跨陰陽或改變狀態的買賣，只是休個閒、吃個飯，若這樣我的錢還不夠，那真是沒有天理了。

只是我沒想到，小二竟然沒有看手中的鏡子，只對我道：「客官哪裡話，咱們來者皆是客，妳帳上錢多錢少，我們都要招待的。而且我一見客官便覺得有莫名親切感，咱倆一定有緣。我方才只是想問妳，一樓沒位置了，上二樓坐妳可介意？」

我一側眸，頗覺稀奇，這一點都不像鬼市的鬼說出來的話呀！這鬼市可是進門都要先看身價的勢利地方，這酒家難道是這裡的一股清流？

我十分讚賞。

小二是個可愛的少年郎，與我差不多高，看來不過十六、七歲。不過做鬼嘛，不能看外表年紀，他只是在這個歲數死了，卻不知道已經死了多少年。

「咱們酒家老闆是有情懷的老闆，不像正街那些店鋪，一眼鑽進錢袋子裡了。」小二一邊介紹，一邊領我到二樓臨窗的位置坐下，笑道，「客官，這裡風景好。」

我往外一瞅，好一片枯枝斷木陰沉恐怖的黑樹林！陰風拂面，自帶三分邪氣，望遠一點，還能瞅見那方黑氣籠罩的亡魂鬼市，與我丟在樹下的芷嫣的身體。有不少小鬼正在那身體裡穿來穿去，玩得開心，但沒有一隻能附到那身體裡。

唔，忽然有種讓芷嫣領略一下此處風光的衝動呢，看她被嚇哭的樣子，應該挺好玩的。

「客官要點什麼？」

「隨便來壺酒，主要是要陪酒的。」我問他，「你們這兒誰消息最多？」

然後小二將肩頭抹布一扯，掃了掃凳子，坐了下來，「客官，我等妳這種客人已經等了很多年了，咱們家別的陪酒郎都只會些花把戲，陪著客人解個悶就是他們最大的本事了，別的客人做鬼也沒什麼追求，不帶打聽消息的，不像你我。」他說著，生動地動了動眉毛，伸手隨意拍了一下我的胳膊，可他的手卻徑直從我的胳膊穿了過去。

小二見狀，有點愣神。

我沒在意他的愣神，只問道：「豐州城的消息，你知道嗎？」

「哦……」他回神，「知道！咱們酒家在每個鬼市都有開，消息是互通的。」

我抱起了手，「那豐州城的厲鬼，你可知道是怎麼回事？」

我做鬼這麼些年，一隻厲鬼也未曾見著，甚至極少聽別的孤魂野鬼提及，可見這厲鬼之稀少，若是出現，必定群鬼震驚，他們這些做鬼生意的，不會不知道。

「豐州城？」

小二想了一會兒，「不曾接到厲鬼出世的消息啊。」

「沒有？」

「嗯，有厲鬼出世，上面都會發出通令，禁止前往那片區域，以免遭遇攻擊，直至厲鬼怨氣散去。別的消息可能有錯，但這個絕不會錯。」

我摸著下巴琢磨，回想見到小圓臉的時候，一開始她是從房梁上倒吊著飄下來，雖然外型可怕了些，至少腦袋還是正常的，也沒有攻擊我。直到後來提到司馬容，她以為我要傷害他，才變得一身戾氣。

我斟酌了一番問道：「小可愛，我問你，鬼是不是在成鬼之後，根據心性的變化，生出戾氣，從而轉化成厲鬼？」

「小……小可愛！」小二直接漲紅了一整張臉，「客官妳真是……」

咦，你不是陪酒的嗎？怎麼連這種程度的調戲都受不了？

我坦然地看著他，倒弄得他這害羞害得有些沒有道理，他壓下情緒，「是……是可以這樣沒錯。一般厲鬼都是生前有執念才會變成那樣的，等世事變化，執念消散，怨氣也就自然而然消散了。不過也有可能隨著時間的積累越積越深，這都看他們自己造化。」

我點點頭，繼續問：「那豐州城內，你可知有哪隻女鬼，住在一個滿是木頭人的家裡？長得圓臉杏眼，守著一個斷腿男子，且極其重視那個男子……」

「啊，我知道！」小二喊道，「月珠。」

我瞇起眼，「你且與我說說，她是個什麼鬼？生前又是做什麼的？」

「生前的事，我們沒去細究，不過大概知道她生前乃南月教的人，也住在那個院子裡。約莫是四、五年前死的，死後就在那個院子裡晃蕩，極是排斥別的鬼……妳這般說來，她倒是確有幾分要化厲鬼的趨勢……」

南月教的人，住在豐州城的院子裡。

有趣了，這一聽就知道，絕對是南月教派來的奸細嘛！

司馬容生前消息那麼廣，不會不知道她的身分，可他最後還是被南月教害了，難道是對月珠動了真情，以至於現在還住在她待過的屋子裡？

他因情而誤了消息，現在也還沒辦法放下這段情，所以那天他才會說這輩子都沒辦法原諒自己？

可小圓臉又是怎麼死的呢？被墨青殺的？若是被墨青殺的，司馬容現在又豈會與墨青關係這般好？

這些生前的事，小二肯定是不知道的，我自然也不可能去問司馬容或墨青，看來還得直接去問當事鬼才行了。

我靠在椅背上，詢問小二：「那月珠而今有些瘋瘋癲癲的，鬼市有藥能治這種病嗎？」

小二默了一瞬，搖了搖頭：「大概沒有。」

那看來，我得直接去面對一個隨時會變成厲鬼的小圓臉了。

我拍了桌子，站起身來，「行了，想知道的就這些了，你今天陪得好，回頭直接去我帳上拿一……」我將「萬」字吞入喉嚨，提醒自己已不再是以前的萬戮門主了，遂改口道，「一千錢吧。」

小可愛笑得很開心：「好的，妳和我聊天我就高興了，回頭再來找我喲。」

「嗯，你叫什麼名字？」

「我叫子遊。」

我瞥了他一眼，他倒是會察言觀色，笑著撓了撓頭道：「姑娘別見怪，我只報字不報名，並不是不坦誠相待，只是我……確實忘了我的姓名，只記得字子遊。」

我望著他，「這也能忘？」

他有些驚異地看著我，「姑娘不知道？」我一臉茫然，他才解釋道，「咱們做鬼的，總有一天會忘掉生前所有的事，等這些事都忘完，就該投胎了。」

我一驚，「什麼？投胎不是要過奈何橋嗎？不是要喝孟婆湯嗎？閻王呢？判官呢？不走流程嗎？」

「哪有孟婆啊。」小二一笑，有些無奈，「這麼多鬼，得熬多少湯才能讓所有人忘掉過去？大家死了，在人世裡晃蕩著，等晃的時間久了，自然而然就忘了，有的人忘得早，有的人忘得慢，總歸都是要忘掉的。」

我有些愣然。

「關於生前的記憶我已經忘得七七八八，唯有自己的字還記得清楚。來我們店的客人，多半是沉溺於過去，不願意忘懷，於是每天找人說說自己的過去，害怕哪天自己不說，就真的什麼都忘了。可就算是這樣，很多客人也說著說著，就不來了，再也沒見過。」

「他們……去哪兒了？」

「什麼都忘了，連自己都記不得，自是去哪兒都無所謂了。」

我隨著小二下了樓梯，一樓裡，方才三四個客人還在，有的還是自己喝著悶酒，沉思過去；有的還是絮絮叨叨地說個不停，不管是不是狀似有幾分瘋癲，旁邊陪酒的小二始終耐心地聽著、微笑著，點頭給著回應。

但知道了這一層關係，我卻覺得，這一分忍耐與微笑，也帶著十分的可憐與同情。

「多句嘴。」小二道，「其實依我看，姑娘打聽的那個月珠，只怕也是這樣吧。抓著自己的過去，害怕自己忘記，所以掙扎糾結，太過執念，便向著厲鬼那方而去了。唉，等變成厲鬼啊，大抵也就只記得那執念，別的都忘了。」

我沉默不言。

離開後，我恍恍惚惚地想飄去鬼市買神行丸給芷嫣，卻突然想到，我要怎麼把神行丸帶回去？我進了她的身體後，就碰不到鬼市的東西，買了神行丸，也抓不住啊！

看來，只能在這裡等天亮了。等芷嫣回魂，我直接買神行丸給她吃，然後她再進這個身體，與我一起走回去。

可我沒想到，當我回到芷嫣身體旁邊時，一個意料外、情理中的人正蹲在她的身前。

是墨青找來了。

我站在一旁，看著墨青皺著眉頭伸手去把芷嫣的脈。不知為何，我忽然想起方才小二的那句話。

「咱們做鬼的，總有一天會忘掉生前所有的事情，等這些事都忘完了，就該投胎了。」

是不是未來的某一天，我也會忘記曾經歷過的一切，忘記塵稷山，忘記萬戮門，忘記我曾天下皆知的名字，忘記這個看我的時候、眸中似有星光的醜八怪……

還是說，我已經忘記……夠多的事了？

此念一起，猶如萬蟻爬過脊骨的縫隙，鑽上了腦門，令我頭皮發麻。

第八章 賞月

而今墨青在此，我沒時間沉溺於思緒中了。

我拍了拍自己的臉，心一橫，想道：怕什麼，反正已經死過一次了，以前的事情忘記就忘記了，橫豎就是再死一次，把已經失去了的東西再失去一次而已，沒什麼好慌的。

我最近借著芷嫣這只有屁大膽子的身體活，越活越狹隘了，得趕緊攢錢買還陽丹！

總之，不管以後是忘記自己，還是去投胎，甚至是走向消亡，都是以後的事，就和天註定那麼猖狂的我，也會被小醜八怪一記劍氣給震死一樣，我掙扎不了存在與消失的事。唯一能掙扎的，就是在消失之前，我得拉個墊背的——

比如說面前這個在我死了後，還來我墳前炫耀的小醜八怪。

即使他現在已經不醜了，甚至還帥得有些迷人……

不管！我打定主意要幹掉他了！

以後的事，以後再說。

這小醜八怪半夜不睡覺，跑出來追芷嫣，看見芷嫣睡在這兒，心裡必定有不少疑慮，我得趁早將他的疑慮打消才行。我進入芷嫣的身體，伸了個懶腰，佯裝睏覺初醒的模樣，迷糊地揉了下眼，然後故作驚訝地盯著墨青，「咦？師父，你怎麼來了？」

墨青靜靜地看著我，沒有答話，也不似在懷疑我，他只是專注且帶著幾分審視地盯著我。

我對墨青這種雖然清澈、但讓人捉摸不透情緒的眼神束手無策，只有自己挪了眼，扶著身後的樹站了起來，解釋道：「上次被那姜武抓了之後啊，我這身體不知道出了什麼毛病，總愛犯睏。」

「哦。」墨青終於搭了句話，「回頭給顧晗光看看，有什麼毛病，都整治整治。」

芷嫣這身體被我打理得很健康，給顧晗光看，他大概會說我腦子有病……

「就是愛犯睏，沒什麼別的毛病，別去麻煩神醫了。師父你看，這兒夜色多美！」我順手往天上一指，本指望有個漂亮的星空可以讓我岔開話題，哪曾想這鬼市之地，活人不見鬼，卻能見此處陰氣森森、烏雲密布，黑壓壓的一片，哪有什麼星星月亮！

墨青瞥了一眼漆黑的夜空，默不作聲地橫了我一眼。

在他的沉默中，我有點尷尬，「呃，剛才還挺好的……我坐在這裡賞月呢，賞著賞著就睡著了，哈哈哈哈……天變得真快啊。」我嘀咕了幾句，覺得扯這麼低劣的謊委實影響我的形象，「算了，不看了，咱們回去吧。」我打退堂鼓，想趕緊離開墨青身邊，以免暴露端倪，神行丸回頭再找個機會帶芷嫣來買就好。

「想看月亮嗎？」墨青突然問了一句。

不怎麼想，可我得委婉一點拒絕他，「師父，你日理萬機，一定很忙……」

「不忙。」

「……」被打斷得太快，我一時還沒想好下一個藉口，便被墨青牽了手，一個瞬行，等我回過神來，已經站在雲端之上，腳下踏著縹緲的雲彩，飄在半空中。

浮空術，對別人來說或許是種新奇的體驗，可鬼當久了，天天都在空中飄，感覺也沒什麼稀奇，不過就是飄得高點罷了。

墨青這情調也玩得很老套嘛，帶女孩看星星看月亮，談人生談理想，然後是不是就想動手動腳，在這渺渺夜空之下，蒼蒼白雲之上，親一親抱一抱？

我早就看破這些俗氣的把戲了。

心裡剛如此想著，一轉頭，卻瞥見墨青微微上仰的臉，望著明月，眸色似月下水一般透亮，他沒看我，可我卻看著他，挪不開眼了。

長得這麼好看，真是作弊的人生啊。

「妳若有難處，可與我說。」

在這種如此適合調情的氛圍裡，墨青說了這麼一句話。

不是吧，小醜八怪，這種時候你與人提難處？你不該直接一摟腰，一摁頭，威武霸氣不講道理地給對方來個吻嗎？長得這麼好看，居然還想著要走心，不用臉來迷惑敵人就是赤裸裸的浪費啊！

我眯眼一笑，「師父，有你在我身邊，哪有什麼難處啊。」

墨青沉默了一瞬，「只要妳說有，我便幫妳，無論何事。」

我看著他認真的神情，一時有些恍惚，好像此刻我說，我苦於無法了結你的性命，他就當真會果決地殺了自己一樣。

有那麼一刻，我甚至想告訴他，在這個身體裡藏著的是路招搖。我想看看他到底會有什麼反應，會立即變了臉色嗎？會再殺我一次嗎？還是因為愛上這具身體，而無法動手？

我很想考驗他，但我也清楚地知道，人心藏著那麼多陰暗的溝壑，是這個世界上最不能去考驗的東西。

我考驗他，等於將掌握在自己手裡的主動權，交到了他手裡，讓他來審度，要不要給我生機。

這從不是路招搖的風格。

我笑了笑，「師父，我是為了報殺父之仇才來塵稷山的，你說我的難處是什麼？」

墨青看著我的眼神微微暗淡了一瞬，可也沒有再多說，只道：「近來鑒心門確有異常，我已派人著手調查，不日便能有結果。」

「多謝師父了。」

墨青沒再應聲，直到這一夜的月色沁涼了衣裳，墨青才帶我回到無惡殿。落了地，各自回房。

我從芷嫣的身體裡脫身出來，芷嫣飄過來問我：「妳怎麼和厲魔頭一起回來啊？妳在外面沒做什麼事吧？沒被發現什麼不對吧？」

我擺了擺手，趕她離開。徑直飄去屋頂，往房梁上一躺，望著寥寥月色發呆。

其實，我覺得最近自己當真有點不對勁。比如說現在，我躺在這裡，滿腦子想的，卻都是剛才墨青說出來、讓我嗤之以鼻的那句話。

——有什麼難處，可以跟他說。

我的難處向來少與人說，因為既是我解決不了的事，就算交給別人，多半也無法解決。可墨青這般說，我卻不覺得他自大，甚至……

我猛地坐起身來，扶著胸口。

我甚至……覺得胸膛中有了心跳……

這個小醜八怪是不是對我做了什麼事了！

我一旋身，鑽進小醜八怪的寢殿，只見房中燈火正燒著，他還站在書桌前，那床榻像沒躺上去過一樣，一直整整齊齊地擺著。

我怒沖沖地盯著他，卻見小醜八怪忽然間捂住嘴，肩頭一動，我甚至沒聽見他的聲音。片刻之後，見他拿下手，掌間竟有鮮血。

我一驚，他怎麼了？

墨青默不作聲地將手中鮮血拭去，往床榻後的牆上望了一眼，又收回目光。

抬筆正要書寫的時候，房間氣息一動，顧晗光瞬行而至，他盯著墨青，沒開口說話，墨青手上光華一轉，先在四周甩了個結界，而我正好站在他的結界裡。

顧晗光道：「厲塵瀾，你死了不要緊，別壞了我的名聲。」

墨青頭也沒抬，「我的傷還要多久能好？」

他受了傷？先前去六合島取劍的傷……難道還沒好？

「天雷打在身上，你以為呢？」顧晗光讓墨青褪了衣裳，我飄到顧晗光身後，與他一同探看。

只見墨青後背竟還包紮著繃帶，顧晗光一圈一圈地將繃帶拆下，露出一片血肉模糊的後背，更令人驚駭的是，在他的背上，還有閃電時不時地穿梭，如同六合天一劍上的閃電一般！

「好得很慢。」顧晗光臉色不太好，「剛癒合的傷又被殘留的閃電劈開，反反覆覆，並未停歇。」

我看著閃電在墨青的皮肉裡穿梭，忽然明白，難怪六合天一劍上帶著閃電。原來那並不是六合劍本身有的，而是經年累月的天雷劈打，附在它身上的。

對墨青來說，也是如此，天雷打在他身上，從那時開始，就一直在傷害他，沒有停歇。

上次我問他，他卻說是小傷，甚至這幾天，都未曾在人前表現出一星半點的異常模樣。

他竟是……如此能隱忍的人。

「多久能好？」墨青又問了一遍，言語間不提疼痛，更沒有絲毫抱怨。

「看著趨勢，得有月餘方能停得下來。」顧晗光給他後背撒上一層藥粉，幫墨青止了血，「你若能放下手頭一切，專心閉關打坐，或許十天便能好。」他幫墨青重新綁上繃帶，「你可以嗎？」

墨青套上衣服，目光平淡地盯了他一眼，「你可以走了。」

顧晗光一副習慣了的模樣，照常叮囑了句：「不要碰水。」便瞬行離開。

我知道，現在我應該思考的是，如果這一個月內，我去接盆水來，潑在墨青的傷處，再拿六合劍捅他一劍，那麼他死的可能會比平時大多少？

可看著他繼續伏案批文的模樣，我竟是有些下不了手。

心口的地方像是被人扎了一針一般，感覺微妙而奇異，我不由得想，為什麼墨青可以對一個人這麼好呢？為她取劍，受傷也自己忍著，還想著要過問那人的難處。

他為什麼就不怕呢？明明在他面前的那個人，一直暗藏著那麼陰毒的壞心思啊！他就這樣剖開心腸站在那人面前，他怎麼就不怕，萬一那人忽然捅他一刀呢……

我以魂魄之體，輕觸他的背脊。

小醜八怪啊，你真是天真得讓人……

下不了手。

第九章　被劫

等六合劍劍鞘製作的這幾天，我也懶得到處跑了。

上午在濯塵殿教芷嫣打坐，順便嫌棄她以前嬌生慣養，不認真修行，書本知識都沒記完全，芷嫣咬著牙認了。下午遣芷嫣去山下給我燒紙錢，回來問了人數，再順便嫌棄她沒有魅力，拉不動人，芷嫣依舊咬著牙忍了。

到晚上，沒什麼事，我也不想穿著她的身體到處跑了，將身體讓給她，隨便她活動，芷嫣奇怪，離了魂，開口問我：「路招搖，妳今天怎麼無精打采的，光拿嘴諷刺人了？妳是不是心情不好，所以才欺負我找平衡啊？」

我躺在床上，蹺著腿，瞥了她一眼，「為師很欣慰。」

「妳欣慰什麼？」

「終於有一次看出來我在欺負妳了。」

「……」

「妳也就只能欺負我了。」許是和我相處的時間多了，芷嫣也開始敢和我頂嘴，她往床榻上一坐，瞥了我一眼，「妳有本事欺負厲塵瀾去，別給人家說什麼『小女子甘拜下風』的，妳一個大魔王不嫌丟人，我當妳徒弟還嫌丟人呢。」

我閉上眼，也不與她生氣，閒閒地晃了晃蹺起來的那條腿，「不著急，等六合劍拿回來，就找個機會殺了他。」

芷嫣聞言，愣了許久，隨即一個猛地轉身，問我：「妳要殺他？」聲音詫異得都有些變調了。

我睜了一隻眼，瞅著她：「我沒和妳說過嗎？」

芷嫣連忙面對我，坐正身子，「妳不是說要勾引他，讓他心甘情願地幫我報仇嗎？」

「妳記錯了，我說的是，咱倆談個交易。」我閉上眼，繼續晃著腿，「妳借我身體，我去幹一件事，然後我幫妳報仇。」

「是，可妳沒說要……」

「殺厲塵瀾和幫妳報仇不衝突啊。」我伸出一隻手，給她一陣比畫，「咱們現在勾引他勾引得差不多了，我先讓他幫妳報仇，然後再殺他。或者我先殺了他，然後再幫妳報仇，都是一兩天的事。這兩天，找理由讓他給妳一點九轉丹，再騙他給妳傳個功，將妳的身體練個七七八八，等拿到六合劍，由我上妳身，做這些事，絕對萬無一失。」

芷嫣半天沒說話。

我睜開眼，只見她眉頭深鎖。

「怎麼，妳這個名門正派的，還捨不得殺萬戮門的魔頭了？」我坐起身，伸出食指，在她面前勾了勾，「殺了他，從此以後，妳的名譽聲望絕對會大大地提升，萬戮門主的位置讓妳躺著坐，不開心？」

芷嫣一抬眼眸，直勾勾地盯著我，「妳……捨得殺他嗎？」

我一怔，默了片刻，隨即勾起嘴角，發出一聲略帶輕蔑的笑，「為什麼捨不得？我路招搖一輩子想做的都捨得，再說，他當年捨得殺我，而今我為何捨不得殺他？我給他一刀穿心，開膛破肚，然後讓他變成跟我一樣、什麼都沒有的晃蕩鬼。」

一想到這裡，我有些得意，「他死了，必定沒人給他燒紙錢，還不如我呢。」

芷嫣向來是個不善於與人爭執的姑娘，我理直氣壯地一說，她就咬著嘴半天沒說話。

等我轉了頭，不想再搭理她時，她才憋出一句：「你們當年的事我不清楚……

厲塵瀾是什麼樣的人，我沒與他仔細接觸過，也不清楚……可是妳，別這樣說自己。」

她盯著我，說話有些緊張：「我是沒見過妳活著的時候有多放肆，可這些日子相處，我知道妳不是那種……胡亂殺人放火的魔頭。妳有點小壞，可我要妳幫忙，妳雖然嘴硬，也都心軟答應幫我了，我膽小沒用又拖後腿，妳嘴上嫌棄，也沒拋下我……」

我看著她，聽她與我說：「妳不是妳說的那種壞人。」

不知為何，我嘴角本帶著戲謔調戲和漫不經心的微笑，此刻竟有點笑不出來了。

我想起好多年前，久到我已經數不清是哪一年，有一個人，是他們名門正派的人對我說過，他說我生而為魔，定為天地邪惡之最，其心必邪，其行必惡，得之必誅。

我尚且能在耳邊聽見，那時自己在千萬寒劍中嘶喊哭叫，聲嘶力竭地為自己辯解著：「我不壞！我發過誓，我會做好人的！」

當年沒人聽，現在，在我壞事做盡時，卻有個小丫頭和我說——妳不是妳說的那種壞人。

你們名門正派，怎麼這麼讓人看不懂呢。
我起身從屋子裡飄了出去，「妳也就說對了一句。」飄到門口，我轉身望她，「妳就是膽小沒用拖後腿的。」
芷嫣一愣，氣呼呼地咬牙，「妳跑什麼！就是我說中了，妳才想跑！」
「看月亮也要妳管？」轉身我便飄出了門外。
我飄得快，芷嫣追不上我，也就作罷。
我在無惡殿外面飄了一圈，繞上房頂，在屋頂上轉了好幾圈，終是坐在墨青寢殿的房頂上，看了一宿的月亮。
去豐州城取劍的前一天，下午我讓芷嫣照常下山燒紙錢，讓她傍晚時在順安鎮南邊等我。她出了門，我便開始奮力地往山下跑。
等到傍晚，我與她在順安鎮會合，再與她一同走去亡魂鬼市。
一路上芷嫣有點忐忑，「妳帶我去的那個鬼市，裡面真的有鬼嗎？」
我白了她一眼，「妳說呢？」
然後她一路都在絞手指。

直到走到亡魂鬼市，我讓她將身體脫了，她老實照我的話做，出來之後，抱著胳膊哆嗦，「這地方好陰森啊。」

我問她：「看見鬼市了嗎？」

她身體僵了僵，「在哪裡？」

我摸著下巴沉思，果然呢，我穿上芷嫣身體的時候看不見鬼，芷嫣離魂的時候，她也看不見。她與其他鬼當真不一樣，可能是因為還活著吧，只是在我墳前撞了那一頭，才導致能見著我，身體也只能由我穿上。

「看不見就在這兒待著，我去給妳買點東西。」

芷嫣心急，一把拽住我，我看了看胳膊上的手，沒有言語。

「這……這裡有鬼嗎？」芷嫣的聲音有些發顫。

「我們不就是嗎？」

「……別的呢？」

我看了一眼面前正盯著她打量的老太太，看來，別的鬼是能看見她的，就跟他們能看見活人是一個道理。眼見這老太太離芷嫣越來越近，我斥了那老太一句：「別瞅了，她瞎，看不見妳。」

老太太應我：「瞎沒事，八字合最重要，我兒也死了，可以結個冥親啊。」

這給兒子討冥親的老太太怎麼還沒去投胎？

「人家有姻親的。」

「哦……那不行了，我兒子得娶個好姑娘，要處子。」老太太轉頭看我，「那妳呢？」

我不打算理她，芷嫣卻在旁邊捂著眼睛叫，「妳看見什麼了？妳在和誰說話？誰瞅著我啊？妳別走啊……」

嗯，果然一如我所料的那樣，膽子比雞還小。

「馬上就回來，妳怕就自個兒鑽身體裡去，他們碰不到妳。」

「他們？」芷嫣一副要崩潰的模樣，「這裡還有很多嗎？有多少？妳快點回啊！」

給芷嫣買了神行丸，回來送到她手裡，這個她倒是能看見，悶頭就吃了。等了一會兒，往旁邊一飄，她驚奇地睜大眼，「變得和妳一樣快了呢。」

我點頭，「知道了吧，以後好好給我燒紙錢，少不了妳的好處。」

芷嫣默了一瞬，倏爾提出個問題來：「如果……妳殺了厲塵瀾，也幫我報了仇，然後妳打算做什麼？」

然後？

當然是回墳頭繼續飄，等著自己將回憶全部忘掉的那天來臨。或者還可以和小醜八怪一起飄，我欺負他，拿紙錢在他面前炫耀。

「以後的事與妳沒什麼關係，過好妳的生活就行。」我一頭撞進芷嫣的身體裡，「妳能找到回去的路吧？」

芷嫣點頭，「大概……記……」她嚴肅地盯著我，「妳不是要拋下我吧？」

「妳不是說，我從沒拋下過妳嗎？」我衝芷嫣一笑，「咱們試試。」

言罷，我一個瞬行術回了無惡殿，耳邊尚存著芷嫣怒極的大聲叱罵：「路招搖！妳混蛋！」

我落在濯塵殿裡，好生笑了一陣，本是打算唬唬她那雞大的膽子，然後回去接她，可我剛落在濯塵殿，便見殿中點著一盞燭光，墨青坐在桌子邊默不作聲地喝茶。

聽見我方才瞬行回來的那一陣大笑也沒什麼反應，只是輕描淡寫地問我：「去哪兒了？」

不知為何，霎時我便有種上學堂蹺課被夫子抓住的緊張感。

「去山下燒紙錢，欺負了幾個小朋友。」一句話的時間，我調整好自己的情緒，笑著坐到墨青身邊，「師父呢，這麼晚找我什麼事啊？」

「明日忙，今晚帶妳去取劍。」

我一怔，哦，這下好了，芷嫣真的只能自己飄回來了。好在嗑了神行丸，也花不了多少工夫，就算沒飄回來，明早也可以自己回魂，不必擔心她。

與墨青瞬行至豐州城，一如既往的繁華與混亂。

墨青沉默地走著，我跟在他身後，閒得無聊，便隨便扯了兩句：「師父，當年江湖上都說西山主的是被南月教給害了，到底是怎麼害的啊？」

「讓司馬容對南月教一女子動情，遂命那女子殺了他。」

美人計，與我料想的差不多。

「可西山主沒有被殺啊。」

「嗯，那女子月珠亦對他動了情，不忍下手，南月教召回月珠，欲以叛教之罪懲處。」咦，小醜八怪竟然這般果斷乾脆地交代了前因後果。早知道你這麼好套話，我就不用去鬼市瞎折騰了嘛！

他繼續道：「司馬容捨身相救，中了埋伏，斷了雙腿，全賴月珠拚死相護，帶他逃出南月教，最後傷重而亡。」

竟有這般反轉……

難怪那個小圓臉以為我要害司馬容，會那般生氣，以至於都快變成厲鬼了呢。即便死了，也一心想護著司馬容啊！

「萬戮門呢……」我瞥了墨青一眼，見他情緒毫無波動，想來這個問題並沒有觸到他的底線，「西山主去救人，萬戮門沒有幫忙嗎？」

墨青腳步微微一頓，轉頭看了我一眼，「那時正是門主前去劍塚取劍之際。」

我頓時靜默。

我去劍塚取劍，舉門派之力，欲求萬鈞劍。司馬容有消息，向來主動上報，我從來沒去管過他，那段時間，我根本無暇去管司馬容在幹什麼，甚至沒有去過問他。

所以，在他去救人時，消息有誤；任他斷腿時，我一無所知；當小圓臉帶著他逃出南月教時，恐怕我已身死。

司馬容說他對不起我，若仔細論起來，我這個門主，才是有愧吧。是我疏忽大意，自恃甚高，累他斷腿，葬送己命，皆怪我處理得不妥當。

「先去拿劍吧。」我道，「西山主上次託付了我一件事，這次我來給他個交代。」

還沒走到小巷，遠遠便見一群人在巷子外圍觀。墨青眉頭一皺，兩步上前，穿過人群，走到巷子口，耳邊那些魔修抱著手說道：「……好像有暗羅衛被打倒了。」

「萬戮門在這兒放的是什麼人啊？」

「動靜可大了，別的也沒做，搶了人就走了……」

我聞言，眉頭一皺，抬頭望了墨青一眼，只見他面色陰沉，眸色暗自凝聚。這副模樣，與方才同我說話時，儼然是兩個人。

踏進西山主屋內，只見遍地狼藉，書籍、木頭散落得到處都是，地上還趴著三四個勁裝打扮的暗羅衛，是墨青留在這裡保護司馬容的人。

入了堂屋，輪椅歪倒在地上，而本該坐在上面、溫和微笑的男子，已不知被劫去了何處。

第十章　劈山

誰敢搶我的人？

打量了我的暗羅衛，劫了我的西山主，我路招搖活著，還沒人敢給我萬戮門這樣的難堪呢！

我踏了兩步上前，扶起歪倒的輪椅，「師父，我去後院看看。」我撂了一句話，便徑直往後院而去。

到了後院，左右掃了一眼，將芷嫣的身體脫在一個角落，我飄出來的這一瞬，但見院子裡全是黑壓壓的怨氣。

我左右一尋，只見院角東邊的小圓臉一身戾氣，趴在牆頭上，掙扎著想要往外飛，可是厲鬼註定被束縛在一寸三分地，無論她如何去撞，如何掙扎，都只能趴在牆邊。

「月珠。」我喚了她一聲，她轉過頭來，我見她淌了一臉血淚，其形恐怖，宛如方從煉獄之中爬出一般。

她盯住我，咬牙切齒，恨意深切，嘴裡發出咯咯的磨牙之聲，「殺……我要殺了他們……」

「告訴我他們去哪裡了，我幫妳。」月珠死死盯著我，我道，「我是路招搖，那是我的西山主，沒有誰能動我的人，哪怕我死了。」

我活著的時候可是出了名地護短，咱們欺負別人行，欺負得對有獎，欺負得不對，也不能由別人欺負回來。

月珠還在審視我，而這時，只見一道金光自主堂之中灌入大地，如水波一般，瞬息之間橫掃方圓數百里地。

月珠終於答了我的話：「東邊靈停山方向……」

沒時間耽擱，我立即上了芷嫣的身，入了堂屋，剛想與墨青說，便聽墨青道：「往靈停山去了，妳在這兒等我。」

方才……難道是墨青的追蹤術？直接用法力探遍方圓百里，真是鋪張啊……

我活動了一下手臂，「一起去。」

「不行。」他拒絕得十分強硬。

我知道，又是什麼我愛妳所以不想讓妳涉險的原因吧。我嘴角一抿，也乾脆果決地答了一句：「好。」

等墨青微微放鬆了一些，打算再與我交代兩句話的時候，我迅速掐了個瞬行術，只見墨青眼眸微微一睜，欲要打斷我，可我已經落到靈停山的山頭上了。

哼，小醜八怪，想命令我，只怕你還差了點火候。

而今我來也來了，回頭他要找我算帳，再哄著就是了，反正他喜歡我，也不能拿我怎麼樣。

靈停山正下著暮春的雨，我邁出一步，下一瞬，面前一個人影將我擋住，接著一把劍便沒好氣地交到我手上。

是套了劍鞘的六合天一劍。

玉龍血木雕的劍鞘，暗啞的灰色裡隱隱透著鮮紅，在司馬容的雕刻下，那鮮紅色竟成了盤在暗啞灰色上的一條遊龍，時潛時浮，時隱時現，極是精緻。

我讚嘆於這雕工，就衝著這手藝，我也要把他搶回來。

我一抬頭，在如珠簾的雨幕背後看見了墨青。沒一會兒，雨珠便濕了他與我的髮。

他深吸一口氣，壓下惱怒與無奈似地，盯著我，也沒多指責，只是肅容交代：

「拿好劍，別亂走，跟著我。」

他轉身帶路，我握著劍，應了一句：「師父，你不怪我？」公然違背他的命令，這可是相當傷自尊的事，他竟沒對我發一個字的脾氣。

墨青回頭瞥了我一眼，隨即轉過頭去，伴隨著風雨聲，從前面隱隱傳出三個字：「捨不得。」

我腳步一頓，就像此時的心跳似的。

「喔。」

我抱著六合劍，看了一眼墨青的後背，我知道，他背上還有血肉模糊的傷，此時漫天大雨，過不了多久，他的衣裳就會濕透，要殺他的機會就在面前。

我亦步亦趨地跟著他，看著他毫不設防的後背。

我握住劍柄，最後卻是掐了個訣，金光包裹著墨青周身，為他擋開雨點。

先前有一次，墨青在瓢潑大雨的時候，也在我墳前為我撐出一片遮雨幕，這次，算我還他的吧。今天還要救司馬容，便放過他了。

我走到墨青身邊，望著一片漆黑的前方問：「師父，能探出他們在哪裡嗎？」

墨青垂眸看了眼一身金光，眸光細碎，不知是在回憶些什麼，聽罷我的問話，也不說其他，只道：「主峰洞穴中。」

我將六合劍佩在腰間，「布了禁術嗎？能瞬行過去嗎？」

「不用瞬行。」

我與他站在光禿禿的山頭上，狂風一揚，捲起他的髮絲與黑袍，腰間的萬鈞劍微微露出劍柄，他拔劍出鞘，山間長風大振。

萬鈞劍寒刃凝芒，形狀模樣卻與普通長劍並無二致，可它被墨青握在手裡，當真有天下第一劍的風華，暗含了撼天震地的力量。

墨青眸光一凝，長劍一轉，劍刃沒入被風雨吹打過的山石之上。只覺天地間靜默一瞬，好似暴風雨前的萬籟俱寂，緊接著山石之上微微裂出一道縫隙，眼見這這條縫隙從腳下蜿蜒而出，愈演愈急，行向遠方。

劈山裂石，猶如一場劇烈的地動，撕開蒼茫大山，天上電閃雷鳴，白熾的閃電嘶吼著落下，不遠處的靈停山主峰宛如被這一記閃電劈成了兩半！

轟一聲，大山摧裂，山石崩塌，風怒雨急，轟雷掣電，天地倉皇。

我愣然於這宛如盤古開天闢地般的摧毀力，也愣然於墨青而今的實力。

我愣愣地望著他，只見他眸光沉斂，儼然是九天之上落於人間的殺神，我完全無法將他與以前那個記憶中滿臉墨痕、帶著自卑的小醜八怪聯繫在一起。

我路招搖此生做事荒唐大膽，換成我處理今天的情況，我肯定逮著賊人就將他們集體劈了。可我沒想到這有萬鈞劍在手的魔王遺子……行事當真是……

比我當年還囂張！

直接把山劈了！

少年你這種行事作風很危險啊！

「司馬容呢！」我問他，「你把山劈了，他怎麼辦！你真的是來救他的嗎？」

真的不是想借機除掉他嗎？然後把鍋甩給別人？

墨青神色平靜地收了萬鈞劍，「救出來了。」他話音一落，只見遠方一個散著金光的結界裹著了一個球，由遠及近，逮著司馬容穿過風雨，飄了過來。

再如此威力巨大的招式中，竟然還抛了個結界出去，準確無誤地摞在想保護的人身上，小醜八怪你真是……

難怪讓我留在那院子裡，因為根本用不著我嘛！

「綁人的那些賊呢？不抓個活口回去問問？」

「都埋了。」墨青輕描淡寫道，「暗羅衛在來的路上，若有活口，讓他們去處理。」

「也好。」

我迎上前兩步，打量結界中司馬容的狀況，我剛站上前去，雨幕背後，傳來墨青壓抑的兩聲咳嗽。

我轉頭看他，見墨青的右手剛從唇角放下，握成拳，藏進袖子裡。

他面上沒有絲毫變化，只是面色隱隱有些蒼白。他一身黑袍在之前便被雨水打濕了一些，黑壓壓的，什麼都看不見。

「看看司馬容的傷。」他說著，迫使我將目光從他身上挪開。

「哦。」我從金光結界裡將司馬容抱了出來。他暈了過去，身上倒是沒什麼外傷，只是臉色白得可怕，跟墨青一樣。

「得帶他回去讓顧晗光看看。」

「嗯，走吧。」

「師父。」我攔住他，「我帶你們瞬行吧。」我向他伸出手。

墨青靜靜地看了我一會兒，這才走上前來，將他的左手交到我掌心。

「好。」

他握住我的手，掌心溫度微微地涼，眸中卻有幾分難得的暖意。

許是這漫天大雨與破碎山河太過蒼涼，握著他的手，我竟覺心頭被這涼意刺得有些疼。

第十一章 療傷

回到塵稷山，我直接將墨青與司馬容帶到顧晗光那裡。

剛入院子裡，顧晗光便裹著雪貂披風出來了，小小的模樣，睡眼朦朧，頭髮散亂，看起來還有點可愛。只見他的目光在司馬容與墨青臉上轉了一圈，眼中朦朧褪去，起了幾分犀利，微皺了眉頭。

「這是做什麼？」

墨青道：「給他治傷。」

顧晗光反問一句：「給他治？」

「給他治。」墨青語調堅定。

顧晗光抿了抿唇角，回房拿金針去了。

我瞅了一眼墨青的後背，他脊梁還是挺得筆直，若不是唇色有些蒼白，根本看不出與平時有異。

我對墨青道：「師父，先前在豐州城司馬容的小院裡我好像掉了東西，我去看看，待會兒就回來。」不給他仔細詢問的機會，我連忙瞬行離開。

我想，若是我在那裡，墨青是不會讓顧晗光幫他治傷的吧……不想讓我知道，他因為取劍而受傷，怕我拿著劍不安心。

到了司馬容的小院，但見巷子外的圍觀者都被清散了，屋內有暗羅衛點著燈在收拾整理。見了我，他們皆是垂頭行禮，並無多話，只顧著做手上的事。我走到後院，把芷嫣的身體藏在儲放木頭的房間裡，離魂出來，只見院中戾氣仍在，且越發濃厚。

那小圓臉已經沒在牆頭上撞了，我在院裡找了一圈，最後去了大堂。但見小圓臉坐在司馬容的輪椅上，抱著腿，將臉埋在膝蓋裡，一身怨氣如黑雲一般溢了出來。

「還給我……把他還給我。」她一直如此念叨著。

「司馬容救回來了。」

我一說話，她便轉頭看我，她的模樣把我嚇了一大跳。黑髮披散，猶如那些怨氣凝成實體一般，一臉腥紅的淚，雙目裡漆黑一片，不見半點眼白，臉色慘白，嘴唇烏青，抱著膝蓋的手，黑色的指甲長得老長，形容恐怖。

我壓下情緒，盡量平靜無波地敘述：「他救回來了，只是身體有點不適，在塵稷山休息。等天亮了，他就會回來。」

聽聞這話，小圓臉雙目中的漆黑漸漸退去，慢慢恢復得如常人一樣，「天亮就回嗎？」

「嗯，天亮就回，再等一個時辰就好。」

「再等一個時辰……」她瞭望外面的天色，繼續把臉埋在膝蓋裡，「我等，阿容，我等你。」

將這方安撫下來，未免暗羅衛起疑，我便趕緊回到芷嫣的身體裡，出了院子。想著顧晗光許是還要給墨青換藥包紮一會兒，便沒急著回去。

我去了大堂，幫著撿了幾張鋪散在地的紙，卻見紙上畫著歪歪扭扭的符文，竟是我完全沒有見過的符文，非仙非魔，卻又隱約透出幾分邪氣。

是他們年輕人的新玩法？

我尋了個暗羅衛來問：「來綁人的是什麼來歷，查出來了嗎？」

「回姑娘，約莫是仙家門人，可功法奇怪，難以判斷出自哪家，具體是誰指使的，現下還不清楚。」

我點頭，將手上的紙遞給他看，「你認識這符嗎？」

暗羅衛搖了搖頭。

我遣退了他，又在屋裡尋了一會兒，找到好些畫著類似符咒的紙張。

本來打算問現在的小圓臉，但看她那精神狀況，大概也問不出個所以然，還是得回塵稷山，直接問司馬容才是。

我仰頭看了看天色，天快亮了，沒時間在外面耽擱，我便先瞬行去了顧晗光的院子，可站在外面沒急著進去，走到門口，聽見裡面司馬容在說話，想是傷治得差不多了，才有時間閒聊。

我推門進去，司馬容正說著：「……應當是仙門中人。」

顧晗光看了我一眼，顯然，他覺得這種場合不適合我一個前仙門弟子出現。但見墨青與司馬容都沒說什麼，他便也沉默不言。

我看了墨青一眼，燭光之下，他的臉色比方才好了一些，我這才轉頭繼續聽司馬容說話。

「聽他們零星的談話，許是誤會了我有起死回生術。」

顧晗光發出一聲來自醫神的輕蔑嗤笑，「起死回生術？」

司馬容也笑得無奈，「近些年住在豐州城，做了些木頭人，活靈活現，便有人傳我能將死人魂魄藏進木頭中，從而實現起死回生。雖則一開始……我確實有這種打算。」

屋裡一陣沉默。

「是這些東西嗎？」我將手中紙張遞給司馬容，「你打算讓人起死回生的方法。」

司馬容掃了一眼，苦笑道：「是啊。那些人來找我，大概也是為了這些傳聞中的禁術吧。那時還留下了月珠的屍身，可後來我發現，世上根本沒有這種法術，即便有，也是我等無法觸及的吧。」

我沒說話。

「一開始也是不甘心，無論如何也想找到彌補和挽回的辦法。可後來，便也認了。我想將她找回來，可她……或許不想留在我身邊了，也或許，已開始新的生活了，如此想著，我便將她的屍身安葬。時間久了，也算是放下了。」司馬容看了我一眼，「此後，饒是發生一些事，讓我心底再起波瀾，我也不想再驚擾她了。」

我默了半晌，正色告訴他：「你可以給她燒紙錢。」

司馬容失笑，「好。」他轉了目光，「晗光，勞煩將我送回豐州城吧。」

顧晗光挑眉，「這麼快便回去？」

「不敢在塵稷山多待了。」

顧晗光默了片刻，便依言送他離開。

此時我才將目光轉到墨青臉上，問他：「師父，西山主為什麼不敢在塵稷山多待？」

「他認為門主之死是他的過錯，助我穩定萬戮門的局勢後，他便離開了塵稷山，從此再不回山。」

「哦。」我轉了下眼珠，套話，「西山主對你好好啊。」

墨青瞥了我一眼，「他是我同門師弟。」

我一愣，「什麼？」

居然有這種事？我怎麼不知道？

啊，不過想想也有可能呢……當初我撿了墨青後一直帶在身邊，然後建立了萬戮門，便把墨青隨便指給一個師父，後來撿了司馬容，又隨便指了一個師父……

原來，我隨便給他們指的師父，竟是同一人啊！

難怪感情這麼好，也算是我賜的緣分。

可說也奇怪，司馬容明明都爬上了西山主的位置，與墨青感情那麼好的話，為什麼不拉他一把呢？雖說當年墨青體內有針對魔王遺子的封印，以至於他面有青痕，難以修行，比較起來，確實只能算個勤奮的一般魔修，可若是西山主有心提拔，隨便指個閒散活給他，也完全沒問題嘛。

絕對比守山門輕鬆啊！要知道，當年的山門，可不是現在這春風一吹遍野盎然的農地……

極寒與熾熱交替的法陣，使山門前寸草不生，環境極其惡劣。

依司馬容的性子，萬戮門主都輔佐墨青做了，當年為什麼不幫他呢……

還是說，是墨青自己不願意走？

我沒來得及問，墨青掃了眼外面的天色便道：「回吧。今晚累了，好生休息。」

他拽著我瞬行回了無惡殿，轉身要走的時候，我也拉了他一把，「師父。」我盯著他，一字一字地說，「你也要好好休息。」

墨青一怔，目光柔了下來，「知道了。」

回了濯塵殿，等著我的是站在殿中怒火沖天的芷嫣，她指著我鼻子就斥道：「路招搖！妳太過分了！妳怎麼可以把我一個人丟下！萬一我……」

我將她的身體甩在床上，往旁邊一滾，滾出了她的身體，趴在一側，無力地擺了擺手，「別吵，我睡會兒，妳自己老實地去打坐。」提到這個，我想到之前墨青說以後再找他要九轉回元丹，這些天忙著別的事，倒忘了這個，我轉頭看芷嫣，「妳去找厲塵瀾……」

我頓了頓，「算了，明天再去找吧。」

說了要讓他好好休息的。

不過……我為什麼要讓他好好休息啊！明明他越是累，越是傷重，越是無法恢復，對我才越有利啊！

我坐起身來，又肅容盯著芷嫣道：「不，妳還是……」我咬了咬牙，最後還是只說出「算了」。我再次趴在床上，頭一次覺得魂魄之體居然也會有這麼疲憊的時候。

芷嫣在旁邊嘀咕，「路招搖，妳怎麼一會兒一個主意？妳昨晚去哪兒了？妳怎麼就當真不來接我？我等妳等好久！」

我不搭理她，她的聒噪也變成了背景聲，我滿腦子想的都是先前靈停山的風雨裡，墨青握住我手的那一幕……

我再次猛地從床上坐起來。

芷嫣被嚇了一跳，「妳……妳要做什麼……」

「我去鬼市了！」

芷嫣愣神：「天都要亮了……」

「我自己飄過去，妳好好打坐，下午去幫我燒紙錢，不准偷懶！」

芷嫣眨了一下眼，跟在我身後，「我就埋怨幾句，又不是真的怪妳，妳不用為了我這麼懲罰自己……」

我斜了她一眼，「欺負妳我笑都來不及，為什麼要懲罰自己？」我說得理直氣壯，頓時讓芷嫣沒了聲，「我就是給自己找點事做，妳待著吧。」

留下默不吭聲的芷嫣，我出了濯塵殿，忍不住往墨青寢殿裡一飄，但見他當真坐在床上，閉目打坐調息，我勾了下唇角，轉身飄去鬼市。

我得去打聽一些消息，司馬容說的那起死回生術，到底有沒有這種可能，還有在靈停山，那些死了的、綁司馬容的仙門弟子，到底是什麼來路。

第十二章　陰謀

我飄到鬼市時，天已經亮了。

與晚上的陰森氣息不同，白天的亡魂鬼市籠罩著一層薄薄的迷霧，大家都委靡不振的，這才剛出太陽，神行丸店門口前，素來趾高氣揚的店小二已經直接躺在地上，魅惑撩人地撅著屁股。放眼望去，整個鬼市如同被人下了迷藥似的。

相比他們這副鬼樣，我覺得我平日在大白天時，簡直比狗還精神，還能連蹦帶跳地飄那麼遠，雖則正午還是得躲躲日頭……

我往小樹林飄去，林中酒家有枯木瘴氣遮擋，裡面的小二要比外面好上一些，可來招待我的子遊也是一副睏極了的模樣，「客官，妳怎麼現在來了……」

「我來找你打探消息……你可以躺著說。」

「啊……好……」他還真的躺下了，半個身體陷在地裡，「上次客官妳好生厲害，妳上次打聽的那個月珠，昨兒確實變成厲鬼了。」

「嗯，她的事我知道，想來隔不了多久就能恢復正常了。我今日來是想打探打探別的消息。」我道，「昨日夜裡，靈停山可有新鬼下來？能查到他們的身分嗎？」

「這人世間一天，各處下來的新鬼可多去了，要查他們的身分是可以，可得知道他們的姓名和生辰八字，花錢去大陰地府錢鋪查。」

「大陰地府錢鋪？」我默然，「那地方不止給鬼結錢買賣，還能查人消息？」

「對，因為那裡要結算各隻鬼生前的功德，確定每隻鬼在鬼市裡收到的錢與買東西的價格，所以這些消息他們都是有的。」

我捏著下巴琢磨，那些靈停山的綁匪，別說姓名八字，我連面也沒見著，看來這事只能靠墨青自己查了。

不過說到此處，我陡然想起一件事，「那這般說來，大陰地府錢鋪裡，豈不是能看到自己生前過往的許多事？你上次說鬼會漸漸忘了自己生前的事，那等忘了的時候，去那裡看一眼不就得了嗎？」

「是可以，那裡的規矩也和鬼市其他店鋪一樣，生前功德多的人，就能將自己的事情記得越久，因為忘了就可以去看，價格還便宜。可生前作惡的人，拿到的紙錢少不說，查消息的價格還高得可怕，很多人拿到的紙錢，都不夠去看一次，所以只能任由自己忘了。」

太可惡了……竟然又對壞人有歧視！

你們大陰地府錢鋪真是時時刻刻都在逼我掀桌子！

我忍了情緒，問子遊：「像我這種，人給我一千紙錢，我只能拿到一百的，去那兒查消息，大概多少錢一次？」

子遊有些驚嘆地看著我：「扣了九成啊客官……妳活著的時候都幹嘛了？」

我斜了他一眼，他老老實實地閉了嘴，斟酌一會兒道：「妳這兒少了九成的錢，那一般來說，買東西價格就比普通人要貴了九倍……一般人查消息，一萬錢一次，妳大概得九萬，四捨五入一下，便是十萬錢。」

我怒不可遏，「居然還算四捨五入！你們一萬錢的時候怎麼不算成免費啊！你們坑不坑鬼！」

子遊一臉委屈地盯著我，「這規矩……不是我定的。」

我幾乎要將牙咬碎。

氣憤地在子遊身邊盤腿坐下，我抱著手開始重新琢磨燒紙錢這回事。

看來我在鬼市的開支還得增加，光靠芷嫣找人幫忙燒紙錢是絕對不夠的，我得想個辦法，讓很多人燒紙錢給我……

目前想到最便捷的就是讓墨青直接命令萬戮門弟子，每天都幫我燒紙錢，這樣收入來得穩定又快捷，量還大，唯一的問題就是……

我要編個什麼謊，讓墨青下這個令……

「客官，妳別愁了，我這兒還有個消息，說給妳聽。」

我看了一眼埋在土裡的子遊腦袋，「什麼？」

「妳不是喜歡打聽厲鬼的消息嗎，最近啊，我知道除了那豐州城裡的月珠，另一個地方還出厲鬼了，妳猜那地方是哪兒，我保證妳猜不出來。」

我一挑眉，「說得這麼神祕，難不成是十大仙門哪家出厲鬼了？」

「客官聰明！正是那鑒心門！」

我一怔，暫且將別的事放了放，「你且與我細說細說。」

「這是錦州城裡傳過來的消息……」

錦州是他們鑒心門的地方，處在名門正派掌控地盤的腹地之中，鑒心門專出好劍，錦州城鑄劍世家也極多，可謂是仙道裡的兵器庫。

當年我掌控萬戮門，盛極之時，揮劍東指，破了江城，深入仙門腹地，曾欲一舉摧毀十大仙門，將他們南北分隔，再逐個擊破，可卻在錦州城碰了釘子。鑒心門以數以百萬的仙劍在錦州城外落下萬劍陣，築起一道難以突破的劍牆。

我久攻不下，後來琴千弦趁機率千塵閣從江城周遭突襲我後方，欲將我截斷在仙門腹地中，一舉剿滅，司馬容勸我收兵，我斟酌之後便退了回去。

那次征戰便不了了之。

細細一想，我也是在那個時候，第一次知道琴千弦這個人，然後在退兵回去的時候，順道抓了琴千弦，帶回萬戮門去觀看……當時本是打算看完之後殺了，可又覺得長得這麼漂亮，殺了可惜，於是便放他走了。

後來聽說，也是因為這件事，讓鑒心門與千塵閣結下了深厚的情誼……

「客官……」子遊一聲喊，將我從遙遠的記憶裡喚回了神，「妳還在聽嗎？」

「說，我聽著呢。」

「就是這厲鬼啊，好像本來不是鑒心門裡的人，是在鑒心門被殺掉的，據說好像是那個鑒心門主信了什麼起死回生術，找到了個什麼法子，說是可以讓人起死回生，但要以命換命，於是鑒心門主就把那人殺了。手法殘忍，導致那人心有不甘，成了厲鬼。」

我瞇起眼睛，「起死回生術啊……」

「對呀，就說這些活人盡信這些邪術禁術，等做鬼就知道，還陽丹一個時辰就那麼貴一粒，最後還得死回來，哪有什麼一勞永逸的起死回生啊！哪怕以命換命也不行啊。現在給人整成厲鬼，整個鑒心門上下不得安寧。」

「哦？」我有點驚奇，「都能干擾活人生活啦，是有多大的怨氣？」

「聽說死得奇慘無比，算是這百來年來，最厲害的一隻厲鬼了。上面下令，讓他們錦州城的鬼，方圓十里內都不要靠近，省得被撕得魂飛魄散就糟了。城外的亡魂鬼市為了避他，都臨時搬遷了。」

我抱著手想了一會兒，「那厲鬼生前，可是姓琴？」

「咦，客官妳怎麼知？聽說那厲鬼生前與鑒心門主還是世交好友，兩家兒女還有姻親呢。也不知那鑒心門主是發了什麼瘋，竟這般作孽。」

我靜默不言，子遊的聲音在我耳邊褪去，我仔細琢磨這段時間發生的事，鑒心門主殺了芷嫣的父親，看不出功法的仙門人要綁司馬容……

這些事好像都是圍繞著起死回生術來的。

這些仙門的人，到底打算幹什麼？他們打算復活……誰？

此時，我腦中浮現了一個白衣翩翩的模糊人影，其實那人的模樣我已經記不太清楚了，但我只記得一件事，我發過誓，只要我路招搖活著一天，就不允許他活過來。

雖則現在我死了，可在我還能看見這世界的每一天，我都不允許他活過來。

「客官。」子遊再次喚醒我，而今他只有半個腦袋露在地面上，他目光有些怯怯地盯著我，「妳方才的神色……好是嚇人……妳在想什麼呀？」

我站起身，拍了拍衣裳，「想起了一些讓人不開心的往事和故人。我先回去了。」

子遊稍稍從地裡爬出來一點，「妳這便要走了？日頭會越來越烈的，妳在店裡歇歇吧。」

「不歇了。」如果仙門想復活的人就是我所想的那人，可能我這段時間都歇不了了，「我去曬曬太陽，靜一靜。」

在陽光底下，我艱難地從鬼市飄回無惡殿，曬了一整天太陽讓我有點虛弱，身體的疲憊讓我大腦一片空白，什麼都沒想。

我躺在濯塵殿裡，望著天花板，等著芷嫣回來。

直到太陽落下山前，芷嫣才回來，看見我躺在地上的模樣，她倒抽一口冷氣，然後左右一望，將身體往床上一躺，離魂出來，問我：「大魔王妳這是怎麼了？被哪個鬼欺負了嗎？怎麼這魂看起來這麼淡。」

我瞥了她一眼，「妳才魂淡。」

我坐起身來，「剛回來的時候曬了下太陽。」我問她，「妳去找厲塵瀾要九轉回元丹了嗎？」

「要了，他說忙……讓我晚上去……」

嘖，我嫌棄地一撇嘴，往外瞅了一眼，但見夕陽西下，便穿上芷嫣的身體，去了墨青的寢殿。然而他卻不在，我正打算出去，一個暗羅衛便落在我身前，恭敬地行禮，對待我的態度一如我還是門主時那般禮貌，「姑娘，主上正在無惡殿忙碌，請姑娘稍等片刻。」

「哦。」我應了一聲，「那我去偷看一下。」我如此說著，暗羅衛也沒攔我，反而一口答應。

「屬下給姑娘帶路。」

這毫不猶豫地滿足我的要求，聽起來……簡直就像墨青給他們吩咐過一樣。

暗羅衛領我去了側殿，像上次我偷聽墨青與北山主談話一樣，我悄悄地躲在門後，但見墨青站在堂上，下面跪著一些人，低著頭，似是犯了錯，被拎回來審問了。

他一襲黑袍，靜靜立在殿上，我遙遙望著墨青的身影，恍惚間，卻想起多年之前，我多次從山外歸來，停了風雪烈火的陣法，從山門前走上來，那時隔著長長的荒蕪通道，一眼便能看見一襲黑衣的墨青立在山門牌坊下，靜靜守候我回山。

每次皆是如此，其實那時根本沒什麼觸動，看見他便如看見山門前的牌坊那樣習以為常。

我走得近了，他便退在路邊，俯首行禮，一般從山門前回山時，我身後都會跟著長長的隊伍，擺著闊氣的排場，我會仰著下巴，目不斜視地從他面前走過。

他總穿著寬大的黑色斗篷，從頭罩到腳，讓人看不清他的臉。

明明是那麼微不足道的一幕，我生前甚至沒有用心地去記過，可現在想起來，畫面卻如此清晰。他一直守在那裡，不管我什麼時候回山，他都會是等在那裡的、第一個見到我的人。

恍神間，墨青已將幾人處理罷了，無惡殿裡的人都退了下去，他徑直走來，在側殿外面看了我一眼，「來要九轉丹？」

「是來要九轉丹的，不過師父，我想先去豐州城見一下西山主，上次他託付了我一件事，我得去給他回個信。」

「嗯。」

他應了我一句，也沒多說，上前來握住我的手，帶我瞬行至豐州城，一同往司馬容的小院裡走去，我瞅了他一眼，腦子轉過一個念頭。

「那個師父啊，今天我在山下聽到一些鑒心門的消息，說是他們府邸好似鬧鬼了。」

墨青應了一聲：「暗羅衛今日來報，亦是說得此事，鑒心門主柳巍近來神智不清，府中多有怪事，卻無人知道是何人所為。」

我審了一眼他的神色，「我怕是我爹……所以我想去一趟錦州城，你能不能和我一起……」我搓了搓手，咬著下嘴唇望他，對他眨巴一下眼睛，擺出我所認為最可愛的模樣，向他無聲地傳達著我的企圖。

墨青眉梢微微一動，眸中卻有幾分笑意，「妳要我陪妳？」

我心尖一跳，當真怪了，明明我就是這個意圖，可當他看出了我的心思，我卻真有幾分害羞似的。

我咳了一聲，連忙壓下這奇異的感覺，「錦州城深在仙門腹地，且不說柳巍對我爹做的事，就說我現在可是您的弟子……我修為低微，若沒人掩護，叫他們鑒心門的人發現……可就壞了。」

「如此，叫暗羅衛繼續打探消息便可。」

「可萬一是我爹……這種事還是我親自去比較好。」

「妳如此想去？」

我用力點頭。

他們仙門的，不管是誰，要折騰著復活人，讓別人起死回生我都不管，可若是誰想讓我的仇人起死回生……

我就讓那人，先去地獄走一遭。

墨青沉凝片刻，「明天我將門中事宜安排一下，後天陪妳去。」他好像每次答應我事情時，都答應得那般輕易，以至於讓我覺得，放下門主的職務，陪我出去走一遭，根本不是什麼大事。

可我當過門主，我知道，這是一件大事。

墨青而今算是沉迷美色了吧。

入了西山主的院子，裡面已經被收拾整齊了，司馬容適時正坐在輪椅上，拿著工具修理被摔壞的木頭人，見我與墨青來了，無奈笑道：「它們還沒修好，我又腿腳不便，就不給你們倒茶了。」

「無妨。」墨青應了一句，我在旁邊接了句話：「我就是來簡單和你交代個事兒，上次你託我那事，我辦妥了，和我上次說的一樣，你以後心裡不用有任何負擔。」

司馬容一怔，隨即一笑，點了點頭，「知道了。」他看了墨青一眼，卻是有些嘆息道，「先門主心大，自始至終，無論何事，都心大。」

咦，他這話說得，我怎麼覺得有點別的意味在裡面呢。

我轉頭看了墨青一眼，卻見墨青臉上也有幾分與司馬容心意相通的無奈笑意。

我還在琢磨，司馬容突然問了一句：「小師侄，這六合劍的劍鞘，可還看著順心？」

小……小師侄？

我懵了一瞬，隨即反應過來，哦！對！墨青與司馬容曾經在同一個師父門下，司馬容是墨青的師弟，墨青現在是我師父，司馬容不就成我師叔了嗎！

我……

我瞬間有一種從爺爺變成孫子的失落感。

可我不能表現出來，唯有咬牙隱忍，「劍鞘……很好。」

司馬容垂下頭，一邊給木頭人擰上機關，一邊暗暗地笑，「我這兒沒什麼招待你們的，站著也是無聊，你們去逛逛豐州城吧。」

我也是不想待了！

我轉身便走，待走到門口，聽得司馬容在院裡將木頭人上的機關弄得吱呀響，院子裡只有這孤寂之聲，我沒忍住轉頭一望，但見婆娑月色之下，恍惚之間，好似有小圓臉的輪廓正蹲在司馬容的輪椅邊。

她正撐著腦袋，靜靜地看著司馬容擺弄那些沒有靈魂的木頭人。一人一鬼，安安靜靜，卻驚人地般配。

我一眨眼，小圓臉的輪廓又消失了。剛才那一瞬，就像是我的錯覺一樣。

我望著一無所知的司馬容，像是魔怔了一樣，倏爾開口對他說了一句：「你以後別搬家啊。」司馬容抬頭看我，墨青在我身邊也是不解，我沒法解釋，只能道，「總之……別搬家就是了，萬一找不到你……」

萬戮門想找人，豈會找不到，我怕的，是小圓臉找不到他。

司馬容笑了笑，衝我揮手道別，「走吧，我不會搬家的。」

出了門，我問墨青：「以前沒聽說過西山主喜歡機關術啊，他從什麼時候開始這麼專注於鼓搗這些的？」

「南月教修機關術，月珠在這裡住的時候，留下了許多小東西。月珠死後，機關蒙灰，破敗不堪，為了修這些東西，他便習了機關術。這幾年，倒是修得比一般人要好了。」

我應了一聲，沒再多言。

第十三章 錦州城

我將隔日啟程去錦州城的事告訴芷嫣時，她顯得有點懵。

「妳……這便帶我去報仇了嗎？」

「妳若想報仇也行。」我臥於床上，躺在芷嫣的身體旁，撐著腦袋看她站在床榻外的魂魄，「厲塵瀾跟咱們一起去，我是打算先查個消息，不過妳若有本事，直接勾引他讓他幫妳報仇也可以。」

鑒心門主活著還是死了，對我來說都不重要。

芷嫣在床榻上坐下，背對著我，情緒顯得有些凝重。

我微微爬起來一些，從她後面把腦袋伸過去，然後把頭放在她腿上，盯著她緊繃的唇角，「妳不會是在猶豫，要不要殺柳巍吧？」

「不是。」芷嫣否決了我，「我爹……我親眼見到我爹死在他手裡，這殺父之仇，我一定要報。」

「哦，我還以為妳在為柳滄嶺猶豫呢。」

她眸光一暗，「正是因為沒有為他而猶豫，所以才這麼難過。」她頭一次艱難地對我吐露心聲，「我喜歡滄嶺哥哥，可他的父親，我卻必須殺。」

我一撇嘴，「喜歡算什麼，改日找個比他長得好看的，三兩天就把他忘了。」

芷嫣瞪了我一眼。

我從她腿上坐了起來，「無論如何，從報仇的角度來說，妳現在應該感到高興才是。這段時間以來，妳的身體吃了兩顆九轉丹，還在我的指點下調息打理了那麼久，與之前的妳早有天壤之別。這柳巍我雖然沒有與他正面交過手，不過我與他長輩倒是打過，想來這小輩比他老子，也高不到哪兒去。

「別說墨青現在要幫妳，就算墨青不幫。我入妳的身，給妳爭爭氣，殺了他也不是不可能的事。妳把妳的身體在晚上的時候讓給我，圖的不就是這個嗎？」我抬起手，捏住她的下巴，將她的臉拉下來一點，有些霸道地迫使她目光落在我臉上，「現在妳大仇即將得報，妳愁什麼？」

芷嫣乖乖任我折騰，難得眼眸裡褪去了稚嫩與天真，「我來萬戮門前，親眼看見我爹被柳巍一刀殺入心房，我爹臨死之際，拚了最後的力氣，送我離開，我無助地在江湖上遊走許久，找到大伯父，卻聽見我爹慘死的消息。我與大伯父說，是柳巍殺了我爹，可沒人信我。

「他們都以為是我神智失常，以為我瘋魔了，那好，他們說我走火入魔，那我便當真入魔。」她盯著我，「於是才有了那天，我在妳墳前頭破血流的一撞。」

我點頭，這些前因後果，我大致也猜了個七七八八。

「只是我現在也不知道，柳巍為什麼……要突然害了我爹。」

「那咱們就去查吧。」我鬆開她的下巴，「妳要查的真相，與我要查的事，應該是同一件。」

「妳要查什麼？」

「死仇。」

我與芷嫣商量好了，到隔日凌晨，我便上芷嫣的身去找墨青，然後與墨青一同瞬行至錦州城，先在錦州城裡安頓，待得天一亮，芷嫣自動回魂，她便也一同過來了。

然後白天找個客棧住下，讓墨青幫忙打掩護，他一個一身氣息返璞歸真的魔，雖然身上還有點傷，但要掩蓋芷嫣身上仙魔夾雜的氣息，還是很容易的。

到晚上，我與芷嫣便可將這肉身拋下，進鑒心門裡打探消息。

若能見到那傳說中的厲鬼，我便充當芷嫣與她父親之間的溝通橋梁，從她父親嘴裡，知道他身亡的真相，打探出消息。

我安排得很好，也確實是這樣做的。

是夜，我與墨青一同瞬行到了錦州城。相比於世俗繁華的江城與不分晝夜的豐州城，錦州城顯得沉靜許多，一如那些人類的王朝首都，莊嚴肅穆。

天色晚了，偌大的城落下法術禁陣，裹得嚴嚴實實，使人無法瞬行至城內。城門落鎖，看守嚴格，巡邏的一半是士兵，一半是鑒心門人，每人腰間都是一把好劍，不愧萬劍之都的稱號。

我在城外瞅了一眼，也不著急，「師父，今晚咱們先在城外隨意找個客棧歇息吧，明天再喬裝入城。」

墨青自是依著我。

錦州城外有許多小客棧，都是給趕路到這裡，卻錯過時間而無法入城的人歇腳用的。有修仙者，也有普通人。

我與墨青隨意挑了一家，要了兩間挨著的上房，我與他各自一間，回了屋去。

獨自在房間裡待了一會兒，我便坐不住了，大晚上哪是睡覺的時候！我貼著牆壁，聽了聽墨青那邊的動靜，然後敲了敲牆。

「師父。」

沒一會兒，牆那頭便傳來詢問的聲音：「怎麼了？」

嗯，這客棧的牆壁用料可真是單薄，不過我喜歡。

「我睡不著。」我問他，「你在幹什麼呢？」

「打坐。」

「我這樣會吵到你嗎？」打坐的時候有人在耳邊叨叨，當然吵，可墨青卻道，

「不會。」

我瞥了一眼牆壁，「當真不會？」

「有妳說話，更易靜下心。」

我一愣，沒想到墨青竟是這麼會說情話的人。我本想調戲調戲他，打發一下時間，自己卻被他這句話害得臉紅了。

我咳了一聲：「我也去打坐。」我坐上床榻，凝神閉目，將後背倚靠在床頭上，

然後離了魂。芷嫣的身體還穩穩地坐著，我穿過牆壁，徑直入了墨青的房間。

在這種情況下，我完全不用擔心墨青會看見我，於是我站在他面前，放心大膽地打量著他。

他果然在打坐，閉著眼睛，背脊挺直，素來盛滿星光的眼睛閉上了，卻自有另一番沉靜莊嚴。如果說琴千弦打坐的時候像廟裡供的慈悲的佛，那墨青便像是神位上不染纖塵，高高在上的神。

一個魔王遺子，卻沒有半點魔性……

我本該看不慣這模樣的他，本該喜歡姜武那種肆意猖狂的模樣。

可卻像魔怔了一樣，我看著墨青的臉，目光掃過他的眉眼、鼻梁，指尖劃過他的臉頰與嘴唇。他能感覺到我嗎？我想，他註定是感覺不到我的。

無論我做什麼，他都不會知道。

心頭陡升一股欲念。

我的指尖在他唇上劃過，忽然很想知道這尊神像唇間的溫度。是如他掌心一般微涼嗎？還是比烈火更加炙熱。

我湊上前去，以唇瓣輕輕觸碰他的嘴唇。

輕擦而過。

沒有感覺到任何溫度，本來我與他之間隔著生死，是不可能感覺到彼此的，可等我睜開眼睛，卻發現墨青不知道什麼時候，竟也睜開了眼。

好似一記清鐘在我耳邊撞響，我一個愣神，扭頭慌不擇路地就往外面躥，躥到了房頂上，繞了兩大圈才停住。

然後反應過來，我慌什麼……

剛才墨青的目光都沒有落在我臉上，想來是沒感覺到我的，我跑什麼！再說了，就算看見又有什麼，我就是親了他，調戲他，哪怕今天把他給推倒了，那又怎麼了！

怎麼這般沒出息！

我拍拍自己的臉，從房頂上倒吊著穿了過去，下面是墨青的房間，我掛在房梁上，靜靜看著他，只見他還是坐在床榻上，目光不知落在屋裡哪個角落，神情好似在思索些什麼。

沒再管他，我兀自回到芷嫣的房間，也不急著上她的身，就這樣躺在床上，發著呆。

白天芷嫣回魂，落到錦州城地界，她登時一副心事重重的模樣，也沒有發覺我有什麼不對。

離開客棧，芷嫣與墨青一同進城，打算在錦州城裡找個客棧先安頓下來。

一路上她與墨青一句話也沒有，過城門時，看見將路人挨個查看的守城士兵，她顯得有些緊張。

我在旁邊提醒她：「妳不要怕，墨青在妳這個身體上施了迷術，他們看妳，只會覺得妳是一個五官平平的人，認不出妳，也記不住妳，放輕鬆一點就好。」

芷嫣深深吸了兩口氣，跟在墨青身後，亦步亦趨地往城裡走。

在即將過城門口時，一個士兵倏爾將墨青與芷嫣攔下。

芷嫣沒什麼表情地讓他們審了一番，詢問了名字與來處，芷嫣皆是答得頭頭是道，我在旁邊看得很是贊許。入了城，便隨意找了間客棧，等到晚上。

我與芷嫣皆離魂飄出，我讚她道：「現在妳說謊說得也很順了嘛。」

芷嫣點了點頭，「在他們面前要比在厲魔頭面前演戲輕鬆多了。」

我一挑眉，想想也是，她每天都在天底下最大的魔頭面前演戲，這歷練出來的膽子，自然不一般。

我拍了拍她的肩，「得謝我。」給了她成長的機會。

芷嫣瞥了我一眼，神情不似平時那般輕鬆，她透過客棧窗戶望了眼隔著兩條街的鑒心門，「我們走吧。」

我點頭，一邊往鑒心門飄，一邊問芷嫣：「妳有沒有覺得今晚夜色有什麼不同啊？」

芷嫣奇怪反問：「有什麼不同？」

我知道了，她一定是看不見現在這景象——天上明月已經被黑霧纏裹遮掩，怨氣煞氣在鑒心門燒出駭人的烈焰，地上蒸騰著黑氣，如藤蔓似地在往我與她的腿上纏。

還是別讓她看見吧，我心道，就算知道這些是她父親弄出來的，她大概也會被嚇死。

不愧是百年來的第一厲鬼，看來芷嫣的爹，死得很淒慘啊。

第十四章　緣由

芷嫣的爹姓琴名瑜，雖是琴千弦的弟弟，卻沒有修菩薩道，而是繼承了祖上基業，經營著一個半大不小的仙門。又因琴千弦這層關係，那些虛偽的名門正道，也將他捧得甚高，雖說不上是十大仙門，也算一個有頭有臉的名門世家。

多年前，我劍指仙門，殺至錦州城，琴千弦在後面燒我後院，我因此撤兵。是以琴千弦算是鑒心門的一大恩人，千塵閣與鑒心門自那時起便私交甚好，連帶著與琴瑜也一同交好，兩派子弟互相交流學習，共談人生歲月，最後甚至還結上了姻親關係。

——這些都是芷嫣告訴我的。

聽起來是一幅好生安樂的世家畫卷，可配著如今這情景一同觀看，就顯得尤其可笑。

芷嫣顯然來過很多次鑒心門，對其中構造清清楚楚，她邊說邊走，眉宇間全是過去的安樂帶來的刺痛。

我分心聽著，偶爾應個一兩句，行徑方向卻無比堅定。

到最後，快進入一個房間之際，芷嫣才陡然停下來，轉頭問我：「妳怎麼知道柳巍的房間在這裡？」

「我不知道。」我抬頭望著這屋裡散發出來的沖天怨氣，我只知道芷嫣她爹最有可能在這裡。

我還沒來得及多做解釋，屋中突然傳來一聲憤怒的嘶吼，其聲震耳欲聾，令人聞之發怵，「何人擾我！」黑色的怨氣如火山噴發似地洶湧而出，遮擋周圍的一切景色。

芷嫣像是感覺到了寒冷似的，打了個寒顫，這是她第一次以魂魄之體感知外界溫度。

我微微沉了臉色，誠如子遊所說，這厲鬼已經強到可以影響活人的世界了。

忽然之間，黑色怨氣猛地從屋裡衝出，我眉頭霎時緊皺。芷嫣見我如此表情，一時也有些緊張，「怎麼了？」

我手腳俐落地一把將她抓了過來，當盾牌似地擋在身前，我躲在芷嫣背後，只小心地伸了個腦袋出去，正色喊道：「琴瑜。」

芷嫣掙了一下，動了薄怒，「妳怎能直呼我爹的名字！」

哼，講究什麼，論輩分，我叫他兒子，叫妳孫子你們都得應著。

我懶得搭理她，只對那團黑氣道：「這是你女兒芷嫣！你先別衝動，冷靜看看！」

面前翻湧的黑氣微微一頓，好似稍微平靜下來。漸漸地，那團濃黑的黑氣慢慢散去，一個披頭散髮的中年男子在裡面露出了面目，眉宇間的輪廓氣質與芷嫣七分相似，他們臉上明顯寫著血緣二字。

他望著芷嫣，沒有眼白的眼睛漸漸褪去了烏黑，聲音不似方才那般淒厲，而是有幾分沙啞困惑，「芷嫣……」

芷嫣沒聽到，但她卻像感受到什麼似的，「大……大魔王，我爹現在這裡？」

見琴瑜情緒穩定，我伸出手，指著芷嫣的臉道：「沒錯，這就是你女兒芷嫣，她歷經千辛萬苦來找你，想問你一些事，你冷靜地好好回答，不要辜負她的辛苦。」

「芷嫣……」琴瑜晃晃悠悠地往這邊飄，而芷嫣在我前面一遍又一遍地問著，「我爹在嗎？他在對不對？為什麼我看不到他？」

嗯，不愧是父女倆，忽視人說話的本事真是一模一樣。

我靜了靜，先搭理芷嫣：「妳又沒死，之前除了我不是也看不到別的鬼嗎！」我指著琴瑜對她道，「妳有什麼話就說，他能聽到。」

芷嫣默了一瞬，一時間竟不知道能說什麼，於是我貼心地幫她問了：「琴瑜，你女兒想問你，柳巍為什麼要殺你？」

琴瑜飄到芷嫣身前，「吾女，為何會變作如此？是何人……何人害了妳……」他神色一厲，「是那柳巍？」說著他周身又起了黑氣。

我連忙解釋：「別激動，你女兒只是自己離魂來找你，想問清事實真相，並沒有被誰害，她還活得好好的！」

琴瑜的目光終於落在我臉上，「妳是誰？」

咦，居然認不得我這張臉，看來是已經將別的事都忘了，「我是你女兒新結拜的大姐姐，來幫她的。」我睜著眼睛說瞎話，芷嫣也沒心思來戳穿我，「你且說說，柳巍為何殺你？他到底想做什麼？摸清他們的目的，我們才好幫你報仇。」

「報仇……」琴瑜一怔，「我不要妳們報仇，妳們走，柳巍害了我，還欲加害吾女，妳們趕緊走！」

我瞥了芷嫣一眼，「為何還要害芷嫣？」

「血……我琴家的血，能幫他復活人。我的血不夠，他便要芷嫣的。」琴瑜提到此事，情緒激動，一邊痛哭，一邊憤怒，「鑒心門對我琴家打的如此算盤，虧我生前將他們視為至交！柳巍不死！我不甘心！」

怨氣沖天而起，我只沉了臉色，靜靜地盯著他，「他要復活誰？」

「金仙，洛明軒。」

這幾個字一出，雖是如我所料，我還是升起一股滔天大怒。

我嘴角一勾，冷冷笑道：「鑒心門的膽子，果然夠大。」

芷嫣在旁邊問我：「我爹說什麼？誰要害我？他們復活誰？」

我只盯著琴瑜，「他們把洛明軒的身體藏在哪裡？」

「便是此屋地下三丈。」柳巍亦是咬牙切齒，「洛明軒那裡有至聖結界，我進不去。」

洛明軒活著的時候修了金仙之體，是這天底下千萬年來的第一人，雖說他現在半死不活，但這金仙之身仍對妖魔鬼怪有威懾力嗎……

我往柳巍屋裡飄，芷嫣欲在我身後喚住我：「大魔王，妳要做什麼？」

我一轉頭，盯著她，「幫妳報仇啊。」言罷，我一頭鑽入地下。

鑒心門在地下宛似建了個地宮，彎彎繞繞，機關眾多，可這些對於鬼魂之體的我來說根本沒有意義。

一直落到地下三丈深處，終是尋到一處散著金光的石室，尚未靠近，便覺得我這魂魄猶似被陽光炙烤了似的，渾身無力，越靠越近，胸口甚至還隱隱有刺痛感。

待直接穿過一扇石門，登時進入一冰室中，內裡金光更甚，我強壓疼痛，目光一掃，在室內見著一寒冰床，而上面躺著的那白衣男子，正是我的仇人。

洛明軒。

我飄到他身邊，壓著身體裡幾乎被撕裂的疼痛看著他，心道，對，他就是這個樣子，好一張道貌岸然的臉。

我目光一轉，看見他所躺的冰床微微凹陷，像是從冰床下湧出血液一樣，將他身體浸泡在鮮血裡。一襲白衣被浸染鮮紅，帶著令人作嘔的血腥味的純潔至聖，真好，真適合他。

我伸出手，欲放在他的頸項之上，欲將五指化為利爪，刺穿他的皮肉，將他腦袋給擰下來，讓這個世上，再無人可修補他的身體，無人能動讓他復活的心思。

可我的指尖尚未觸碰到他，便聽嗤一聲，猶似肉落在熱鍋裡的聲音。

我看了看我的指尖，顏色幾乎淡得快沒有了，鑽心劇痛傳來，令我沉了眉目。

我這鬼魂之體，碰不了他。

身後石門微微一開，有人說話的聲音傳了進來，「琴芷嫣抓不到？」這是一個女聲，而她旁邊有個渾厚的男聲答道，「厲塵瀾將她放到了無惡殿，擒不來。」

我轉頭一看，見了這兩個人，登時了悟。

是柳巍和柳巍的姑姑——柳蘇若。

說來，這也是好久不見的「故人」。

在這裡躺著的金仙洛明軒乃是與柳蘇若有一紙婚書卻尚未成親的丈夫，因為在他們成親的那一天，我就把洛明軒「殺」了。可又因著洛明軒修了金仙，是個不死之身，於是就一直昏睡著，不省人事，讓柳蘇若一直守活寡到現在。

我雖沒有針對這個女人，可想來，這個女人，心裡必定是恨極了我。

柳蘇若走到洛明軒身邊，看了看他一身血水，她眸色沉凝，「琴千弦呢？他修菩薩道，身體裡的血更為純正，將他殺了放血滋養，於明軒而言，當是最好。」

「琴千弦修菩薩道，於十大仙門之中名聲極望，而今世人更是無人知曉他修為如何，要設計他，怕是不易。」

我瞅了一眼語調平淡答話的柳巍，只見他雙目失神，神情空洞，就似一隻提線木偶，我約莫猜到他大概是中了柳蘇若的惑心術了。

搞半天，琴瑜的死，芷嫣的外逃，洛明軒的復活，都是這寡婦主力策畫的啊。

第十五章　過往

我站在旁邊，靜靜地看著這姑侄二人，知道他們如今雖得了琴瑜的血，仍暫時無法換醒洛明軒，我心頭那股燒心的怒火便也靜了些許。

沒成事就行，我總有辦法讓你們成不了事。

「琴芷嫣抓不到，琴千弦殺不了。」柳蘇若坐在冰床旁邊，神色寂寥，「你是要讓我硬生生錯過甦醒明軒的機會嗎？」

柳巍垂下頭，「琴家人，血脈至純至潔，乃是復生聖藥……」

我一邊聽著他們姑侄倆的對話，一邊忍著痛在石室內繞了兩圈，以前活著看不見魂魄，現在死了能看見鬼了，本想著洛明軒的鬼魂會不會在這附近，可觀察了老半天，也沒發現有別的鬼魂。

洛明軒不會死，他的魂魄不可能去投胎，他生前一個金仙之體，高高在上慣了，就算死了，也定然不屑與其他孤魂野鬼作伴，鬼市這種陰森之地，多半也是不會去的。

他最有可能的就是一直守在這裡，如今他不在，那就證明他的魂魄應該是一起在身體裡沉睡了。

這樣很好。

我殺不了他，那就讓他不管是生是死都不能甦醒，無法領略這世間的美好，無法再去創造屬於自己的記憶，這樣，他就和死了差不多了。

「……他們的血本是不可複製，可而今江湖之上，我知曉有一仙門，所修功法，亦會將自己身體練至至純境地。」

「哪個仙門？」

「觀雨樓。」

聽到這番對話，我微微轉了目光，不出所料地從柳巍嘴裡聽到了三個字，「沈千錦。」

雖然我不太清楚他們說的至純至潔的血液是個什麼玩意兒，不過我知道，觀雨樓那一系的功法，需得練功人心思至純，不可有邪念、雜念與欲念。

是以修練觀雨功法之人，不可動情，一動則傷，積毒於體內。

多年之前，顧晗光抱著情毒發作的沈千錦來求我，我有幸見過傳說中情毒的模樣。

那叫一個淒慘，每根頭髮絲都似要結冰一般，呵氣成霧，身體一塊一塊被凍得發青發紫，僵硬著無法動彈，最後只能眼睜睜看著自己變成一座冰雕。

我花了好大力氣才與顧晗光一同救回生死邊緣的沈千錦，顧晗光將沈千錦的情毒過到自己身體中，變成小孩，常年畏寒，可便是這樣，也還不夠，因為只要沈千錦有一天動情，她身體中就還會再次積攢情毒。於是顧晗光只好施以金針，親手抹去了沈千錦腦中，關於他自己的存在……

柳巍繼續道：「沈千錦的血雖比不得琴家這般天然，如今我們已得了琴瑜的血，再加上沈千錦的，甦醒金仙，或成可能，且相比於對我們有防備與顧慮的琴千弦與琴芷嫣，她更好得手。」

柳蘇若盯著洛明軒的臉，輕描淡寫道：「便把這沈千錦請來吧。」

「已經來了。」柳巍道，「昨日我已遣人尋了藉口，將她請來了，而今，她正在廂房中。我現在來，便是想通知姑姑，您可動手了。」

柳蘇若一笑，站起身來，「我這侄兒辦事，當真周全。」

兩人說著，往石室外走去。

他們是打算去害沈千錦了？

且不說我不能讓洛明軒甦醒，便說這沈千錦吧，當年雖是顧晗光來求我，可我也是花了那麼多功夫將她救回來的。

你們說要殺，便能殺？

我可不許。

我往石室外一飄，躥上地面，但見芷嫣急得似無頭蒼蠅一般在地面上瞎轉，而在她身旁的琴瑜則一直目光悲傷地盯著她。

「別瞅了。」我斥了琴瑜一句，「有正事讓你辦。」

琴瑜轉頭看我，芷嫣卻在這時撲了過來，「大魔王妳去哪裡了！」她看了看我的身體，登時嘴一撇，跟要哭出來似的，「妳的魂怎麼又淡了？妳下那地室，我靠近就有疼痛感，妳怎麼下去的？怎麼待這麼久？怎麼不早點出來？」

「就是因為一疼妳就退，所以才不知道我去哪裡了，所以才不知道我怎麼能在裡面待這麼久，所以不管以前還是以後妳都不會知道我為什麼是大魔王而妳為什麼是小蝦米。」

我打發她一句，在她愣神時，把她往旁邊一推，盯著琴瑜道：「觀雨樓的沈千錦你可識得？柳巍說他今晚欲害沈千錦，像害你一般，取她的血。我現在要去找人幫忙，你找到沈千錦，用盡一切方法護住她，動靜越大越好，我片刻後便來。」

琴瑜聽聞我話語的前半段，已是雙目赤紅，咬牙切齒，待我說完，都不用吩咐，便化為一道黑影，往空中一躥，登時消失在我面前。

我喚了芷嫣一聲：「走，先回去。」

芷嫣連聲問我：「到底怎麼了？發生什麼事了？」

從鑒心門飄到外面客棧還有一程路，我索性將其中事宜與芷嫣說了一通。

芷嫣聽罷，一陣靜默，似消化了好一會兒，才自言自語地呢喃道：「在鑒心門這麼多年，我竟從來不知，地下還藏著金仙屍身……可為什麼是金仙……不是說他仁慈寬厚，是得大成的人嗎……」

我瞥了芷嫣一眼，看來這仙門的工作做得還挺好的嘛，洛明軒都死這麼多年了，他們這一代的小輩竟然還知道他。

「可為什麼為了復活他，就可以害了我爹呢？金仙是一條命，我爹就不是了嗎？

他們這復活過來的……算什麼金仙……」

我冷冷一笑，「什麼金仙，不都是修仙的人封的嗎？這些人模狗樣的傢伙……」我頓了頓，倏然想到了鬼市，想想這些面上仁義道德，背地裡壞事幹盡的修道者，等變成鬼了，也會受到與我同樣的待遇，我頓時覺得一陣暗爽。竟忍不住地開始琢磨，乾脆早點把他們都變成鬼算了。

攛掇墨青放個大招，將他們統統帶走。

我這心裡暗爽著，芷嫣卻又問了我一句：「妳為什麼要在婚禮上殺了金仙呢？」

我望著面前快抵達的客棧，淡淡答了句：「因為他害了我和我唯一的親人。」

芷嫣一怔，愣神問我：「妳的親人？誰？」

江湖上沒人知曉路招搖還有一個親人，可我卻清楚地記得，在我還小的時候，在我的故鄉，一片窮山惡水的地界裡，我的族人一個個消失，甚至父母也在我有記憶前不見蹤跡，最後只剩我和我祖父待在黑壓壓的山溝裡，他整天喝著酒，醉醺醺的，然後想起來便教我一會兒功法。

我尚記得他告訴我，外面世界的人都可以自己選擇修仙修魔，修各種道，只有我們這一族沒法選，因為我們生而為魔，只能修魔道。

我自幼天賦甚高，窮山惡水裡全是瘴氣，正好有助於我的成長，我從沒覺得修魔道有什麼不好。

直到有一天，凶惡險峻的懸崖山上忽然墜下來一個金光閃閃的人，他身受重傷，命懸一線，我那時從沒見過這麼乾淨且漂亮的外界人。

我將他從山石間帶回，給他療傷，他問我是什麼人，問我為何在此，問我為何修魔。

我那時沒有心計，山溝裡長大土丫頭一個，便毫無防備地將自己的事告訴他。當時他聽罷我生而為魔的事，卻也沒說什麼，他只告訴我，即便生而為魔，也可以心懷善念，也可成善德。

我信了他。

我照顧他，從他傷重直至傷好，能用瞬行術了，在這期間，他一直對我和顏悅色，溫柔地教我背習仙門戒律，告訴我如何行善積德，如何最大努力地做到造福人世，不要虛度此生。

我將他說的話一字一句地背了下來，那麼地清晰，直到現在我也還記得「少殺戮，不作惡」是他在我耳邊日日夜夜念叨的話。

從此我便心心念念地想要做一個好人。

我努力修習功法，想出去名揚天下，想用一個魔的身分去造福人世。

我不顧祖父反對，終於離開故鄉，去了塵稷山，偶然撞見被十大仙門圍攻的墨青，我救下他，因為不恃強凌弱，不以多欺少，是洛明軒告訴我的。

這是他告訴我的道義。

後來，我與墨青道別，將他留在塵稷山。我想去找洛明軒，想去告訴他，我和他約定的事，我努力做到了，我打算跟在他身邊，與他一起做個好人……

最後當我終於找到洛明軒時，迎接我的，卻是十八道仙法禁術，囚困於我，欲將我剷除。

那時在金光外，他說話了，用與當初懸崖之下完全不同的態度和語氣，高高在上地同我說——妳生而為魔，定為天地邪惡之最，其心必邪，其行必惡，得之必誅。

我方才醒悟，原來當時他身受重傷，落在我手中，怕我加害於他，於是對我百般討好，甚至還編出一心向善這種屁話。

我身陷囹圄。

最後卻是我祖父離開了他守了一輩子的窮山惡水，前來仙門救我。我祖父以一己之力，撞碎了禁錮我的仙術，以身護我，拚死送我離開，讓我逃回那窮山惡水的山溝裡，他則留下來，與洛明軒相抗。

我沒見到祖父與洛明軒那一戰，雖然在後來隱隱有聽過世人傳說，洛明軒與一不知名的魔修在洛明軒的鳳山之上一戰，幾可顛倒山河，但最後還是洛明軒贏了。

那「不知名」的魔修，別說下落，連灰都沒有留下來。

而我被祖父送回了山溝裡，在裡面躺了整整三個月，身上破爛的傷口才開始慢慢癒合，斷裂的筋骨也才開始重新生長。

我咬牙在山溝裡等，無望地等了許久，也未等到我祖父回來。

待身上傷好，我從山溝裡爬了出去，適時已經過了半年，半年之前，我祖父與洛明軒那一戰已沉寂下去了。江湖之上，風波再起，不停有新的厲害魔修出來，洛明軒便又忙於其他事物。

我祖父死在他手上，這事於旁觀者而言，已不再重要。

而重傷的我逃出，更是沒人想到傷成那樣的我還會活著。

我沉澱心性，又來到塵稷山，撿回一直留在塵稷山上破廟裡的墨青，養好身體，

我重拾舊河山，放了話出去，當年力戰十大仙門的女魔頭路招搖，重新出山了。

女魔頭欲建一門派，名為萬戮，招賢納士，收極惡之徒，誓要戮盡天下修仙狗！

第十六章 文鋒

想起過往舊事，我心底一陣湧動，這其間事情太多，我無法與芷嫣細細道來，便上了客棧，與她道：「我現在要去救人，不知待會兒會發生什麼，妳好好在屋裡躲好，我會盡全力保住妳的身體。」

入了房間，芷嫣的身體還在床上安靜地躺著，我站在床邊，轉身盯住她的眼睛道，「我保證，明日早上妳回魂之際，還妳一片安寧。」

芷嫣眸光一動，在我即將撞入她身體前，一把拉住了我的手道：「從入魔道那天，我這條命如何我都認了，妳幫我報仇，不用保護我的身體，好好保護自己就好！就……就算這具身體沒了，我也當妳徒弟！」

她的眼神過於認真，看得我心下有幾分波動，不是沒有人將性命託付給我，只是其他人，遠不如這個姑娘的眼神來得這般單純……

不，或許還是有的。

當年初到塵稷山，救下墨青時，面對十大仙門的圍追堵截，多少次身陷險境，那個小小的孩子也這般盯著我。

不怕苦，不怕痛，不怕死，唯一怕的，便是我放開他的手。

可也是當年，我一心念著洛明軒，並未對墨青多加注意，我救下他，確認了他的安全，陪他等到十大仙門被其他事引去注意力後，便將他丟在了塵稷山。

難道便是那時？當我為了去尋找洛明軒，嫌帶著他麻煩，將他丟在塵稷山的時候，他就對我心生怨恨了嗎？

我甩了甩頭，現在不是琢磨墨青的時候。

我抬手揉了一下芷嫣的頭，「別給我整得跟生離死別似的，我不會有事，也不會讓妳的身體出事，要不然妳以為我帶隔壁屋那個來幹嘛？拚命是他的事。」

我如此說著，不再聽她言語，一頭撞進了她的身體。

一邊往門外走，我卻一邊琢磨，墨青而今有傷在身，上次去靈停山大鬧一場，怕是身上的傷又再次復發，現在這又是在錦州城裡，仙門腹地，鑒心門門口，到人家地盤上來鬧事，本就是深入虎穴之舉。這晚上錦州城又有禁術，萬一事情不妙，也無法瞬行離開。

如此想著，我走到墨青門口，卻又停住腳步。

我當真要讓他……為我的復仇而送死？

可為什麼不呢？

明明我一開始的目的就是殺了他，讓他與鑒心門同歸於盡，讓洛明軒無法甦醒。這不是最好的結局嗎？不費吹灰之力便能一舉剷除兩個敵人……

我為什麼要猶豫？

鑒心門裡，此時柳蘇若與柳巍正在要害沈千錦，琴瑜身為厲鬼也一定在拚命阻止，而我卻在墨青的門前，失了應有的果斷。

就在我猶豫不決之際，房門從裡被人拉開了。

黑色的衣袍出現在門裡，我仰頭望著他那張無雙的臉，霎時手足無措，似昨日我吻上他唇畔時那般，讓我愣怔當場。

我愣愣地盯著他，任由我與他就這般站在房屋門口，靜靜對視。

墨青道：「鑒心門內有異常。」

他清冷的嗓音喚回了我些許神智，而我所有的理智都在叫囂著，抓緊時間，勾引他，讓他去救沈千錦，讓他去殺柳蘇若與柳巍！

我的目光落在他胸膛上，似能看透他的衣衫，穿過他的皮肉，望見他傷痕累累的後背。

「啊……哦，對，師父你怎麼知道？」

「近來於鬼神之事有些研究。」

他如此一說，我目光倏爾一轉，看進他漆黑的眼瞳裡。

於鬼神之事有些研究……在鑒心門外，隔著這麼遠就能察覺到鑒心門裡厲鬼作祟的氣息，那難不成……昨天夜裡，我觸碰他嘴唇時，他的睜眼……

是因為唇上有所感覺？

是什麼感覺，是微微的涼意嗎？

我被自己的想法撩得內心莫名一燥，我強迫自己冷靜下來，為壓住自己的羞惱，咳了一聲，言道：「師父，我剛做了個夢。」

「什麼夢？」

「我父親與我托夢，說確實是鑒心門的柳巍殺了他，因為他們想用他的血，復活一人。」

墨青眉目微微一凝，徑直道出了三個字：「洛明軒？」

我一愣，「師父……你怎麼知道？」

墨青面色沉了下來，眸中森森刺骨的寒意與殺氣令我覺有些許可怕。怎麼這情況看起來……墨青也與洛明軒有仇？

「他們休想。」

墨青這四字說得重，我心道，洛明軒是金仙之體，他活著的時候對魔修多有打壓，才讓魔道勢弱。而自洛明軒「死」後，十大仙門雖在，卻群龍無首，我統領萬戮門崛起於萬魔之中，一時魔道勢強，直至現在，墨青統管萬戮門這些年，更是將魔道魔修規整，儼然一副要臨登大統，再續千年之前，魔王臨世之威。

這個時候，他不希望洛明軒甦醒，給自己增加一個勁敵，也屬正常。

「妳留在此地。」

墨青丟了一句，一轉身，衣袖一拂，客棧樓上的窗戶大開，夜風颳了進來，知他要走，我連忙跟上前去，「師父，觀雨樓的沈千錦也在其中，需得救她！」

「好。」

一聲堅定的回答，沒有絲毫疑慮，更沒有停下來問我為什麼會知道，為什麼要救她，他就這樣因為我的一句話，隻身踏入虎穴。

我站在窗戶邊上，望著墨青一襲黑袍消失在黑夜中，沉默片刻，最終還是沒有依他的話留在此處。

我告訴自己，我是不喜歡將所有希望都託付在別人身上的感覺，哪怕墨青如今已經令人心安到覺得危險。

我翻過窗戶，躍入黑夜中，在被封閉瞬行術的情況下，只得御風前行。

當我即將踏入鑒心門時，忽見一道魔氣橫掃開來，緊接著一道金光在黑色魔氣中炸裂，兩股力道劇烈地對抗，發出轟隆之聲，猶如平地驚雷，徑直撕破錦州城肅穆安靜的黑夜。

我知道，是墨青與鑒心門中人打起來了。

看這激烈程度，不是柳蘇若，也就是柳巍了。

與此同時，錦州城天空之上金光大作，將整座城都籠罩在金光之中，是錦州城的禦魔陣感受到墨青的魔氣後，第一時間啟動了。

我飄在空中，回首一望，但見偌大的錦州城，方才還安靜一片，此刻家家戶戶都亮起了燭光。

這就是敵營，身處其中，便猶似感覺空氣都在與你作對，沒有任何一個伙伴陪伴左右，所有氣息，都令人感到孤獨且充滿敵意。

我將墨青拉入了這般境地，讓他與人作戰。

直至此刻，我終於承認了方才占據內心一角的一個想法——

我沒辦法在這種境況下，讓墨青孤身作戰。我沒辦法，拋下屬於我的同伴。

我在這裡，將他下意識地歸類到了自己人的分類裡。

如此想著，我進了鑒心門中。

主堂東邊廂房外，墨青與柳巍正在激戰，柳巍討不了好，只不過占著處在鑒心門中，有法陣相護，還有取之不盡用之不竭的仙劍，這些劍隱於鑒心門的每一處園景中，柳巍操縱著劍，時而觸動陣法，時而借仙劍之威與墨青攜帶的壓力抗衡。

我放了個護體結界，躲在旁邊看了一會兒，發現了柳巍的套路，他根本就沒有與墨青決戰的心思，他在拖延時間，並將墨青從東廂房引開！

方才墨青走得急，我還沒有與他交代清楚其間因果，他只知道我讓他救沈千錦，卻不知道她位於何處，也不知道鑒心門這些人到底要她做什麼。

我找了個機會，趁著墨青將柳巍壓制之際，躥入了東廂房中。

一腳踹開房門，屋中沈千錦捂住血流不止的頸項，面色蒼白且虛弱地站在屋子角落，柳蘇若正持劍站在她的面前，眼見就要一刀扎下，了結沈千錦性命之際，我隨手抄了旁邊擺著的一個雲竹盆栽，斜裡一扔，盆栽自空中繞了個圈，咚一聲砸在柳蘇若的手背上，將她長劍砸得一歪，刺進沈千錦耳邊的牆壁中。

劍尖沒入牆壁，三寸有餘，可見她用了多大的力道。

我踢門動靜太大，這一手盆栽又扔得急，柳蘇若一轉頭，狠狠地瞪向我：「又是何人敢壞我大事！」

這個「又」字可謂是用得巧妙，這裡只有她們兩個女人，沈千錦這個受害者談不上是壞她事的人，我是「又來壞事」的人，那先前壞她事的，可能也就不是人了。

我衝著柳蘇若冷冷一笑，「老妖婆，妳害了我爹，還不許我爹來找妳算帳？」

我用著芷嫣的身體，喊她一聲老喊得理所當然，說話也理直氣壯。

柳蘇若聞言，果真神情一怔，可她到底不愧是老妖婆，冷冷一哼，「竟然是琴瑜的女兒。我還正愁找不到妳呢，妳就自己送上門來了，這下便好，我也不需要這替代品了……」

她將牆壁上長劍拔出，而在這時，癱軟在牆角的沈千錦甩出一個術法打開她的手，身形一動，飛快地落到我身前來，她伸手攔住我，將我護在身後，面色蒼白，聲音沙啞，可卻將背脊挺得筆直。

「速速離開，去求向妳伯父求助！」她道。

哦？她竟然認識琴千弦？

仔細想想，十大仙門原本就走得近，芷嫣的身分擺在那裡，少不了偶爾與十大仙門的掌門見面，認識也是正常。

不過，我可不是那個小菜雞。

我擋開沈千錦的手，一步邁到她身前，擋住她，「別逞強，妳傷成這樣，不是她的對手。」我的手握上腰間劍柄，頂著柳蘇若審視的目光，將閃耀著天雷的六合劍拔劍出鞘。

沈千錦眸光一凝，對面的柳蘇若也瞇起眼睛，「六合天一劍。」她一笑，「小姑娘，妳以為有了這把天劍，便可橫行仙門，與我作對？」

我亦是一笑，「橫行仙門有點困難，不過與妳作對，綽綽有餘。」

柳蘇若盯著我，目光變得有些陰狠毒辣，「妳這姑娘，去了躺萬戮門，竟學了些我最不喜的神色語調回來，委實讓人討厭！」

言罷，她出其不意地攻上前來，手中的白水鑒心劍使得極為漂亮，一劍直取我的心房。

我將身後的沈千錦往旁邊一推，身形一側，斜斜躲過迎面而來的一劍，柳蘇若一笑，另一隻未持劍的手輕輕一動。

身後登時襲來一股殺氣！

我識得她的招數，這是柳蘇若常常出人意料的殺人絕活。她生而會使兩把劍，一把佩於身側，是為雄劍，一把高懸天頂，是為雌劍，平日裡，她走到哪兒，雌劍便跟著在天上飛到哪兒，地上的人根本無所察覺，是以在動手的時候，她只要輕輕一勾手，天上雌劍便受吸引，從天而落，將人殺個措手不及。

如此陰毒隱祕的招數，是她的最愛。

但她殺不了我。

哪怕是現在入了芷嫣身體的我。

我將六合劍往身後一擋，只聽鏗鏘一聲，不用看便知道，這是劍刃與柳蘇若的雌劍相接的聲音。

我盯著她，手腕一動，挽了花，順勢借力打力，直接在後背一繞，將柳蘇若的雌劍轉了一個圈，徑直甩向柳蘇若，「還給妳！」

這下換成柳蘇若被殺了個措手不及，她雙目一瞠，退了兩步，避過雌劍的劍尖，但仍是被雌劍劍刃劃破了手臂，鮮血落下，她才抓住了雌劍劍柄。

我心中不屑，多少年前，我去她婚禮上殺洛明軒時她便使了這招，我也是這麼對付她的，只是當時我修為更甚，速度更快，直接將她那把雌劍甩進了她胸膛裡。

這麼多年過去，我都換了一個身體，她還是一點進步也沒有。

愚蠢得可怕。

我負六合劍而立，冷冷盯著她，院外的墨青與柳巍正在激戰，天空之中金光更甚，不少鑒心門的修仙者也加入戰鬥之中，而外面越是熱鬧喧囂，便越是襯得這小院裡殺氣湧動。

柳蘇若的臉在外面金光的閃爍下忽明忽暗，目光自有三分晦暗。她握緊手中雌雄雙劍，聲音低沉宛如帶著內心深處深藏多年、釀成了毒的怨恨。

「小姑娘，妳真是令我……想起了非常不愉快的事。」

「哦。」我道，「那妳自己調節一下。」

第十七章　受傷

屋外金光炸裂，我往外一看，竟是錦州城天空之上的禦魔陣開始積聚靈氣，凝出無數把金色長劍，轉著方向，從天而降，如閃電一般劈頭落下，扎向下方墨青所在的地方。

這禦魔陣乃是錦州城的自禦陣法。

多年前我舉兵殺入仙門腹地，抵達錦州城時，錦州城中無數鑄劍世家自動奉上仙劍，獻百萬長劍於錦州城天空中，形成巨大的護城陣法，將錦州城如同刺蝟一般護在其中。

不得不說，當年我也為他們所有世家的無私奉獻震撼了一瞬。

我不喜歡他們這些修仙的人，但偶爾會允許自己被這些世家所謂的「團結」所感動，且我心知肚明，在那樣的情況下，與錦州城的仙門硬碰硬，於我萬戮門而言，也必定是場惡戰，即便勝了，也註定元氣大損。

於是我象徵地擾了他們一番，便也聽了司馬容的諫言，心甘情願地退了兵。

那之後，錦州城中的人歡欣鼓舞，認為這是他們擊敗魔道的一大標誌。撤下天空中的百萬長劍之後，又花費數年功夫，根據當年百萬長劍成陣的模樣，造了這如同金鐘罩一般的禦魔陣。

平日裡，這禦魔陣隱形不見，一旦觸碰到魔氣，陣法便自行啟動，外抗來犯者，內攻入侵者，陣法凝氣成劍，自天空中如雨落下，殺天下魔氣，如同現在對付墨青一樣。

我皺了眉頭，如今這裡只有我與墨青兩人，在禦魔陣下，要對付這麼多修仙者，饒是墨青再厲害，也扛不住這般打壓，何況他還有傷在身！

為今之計，就是先帶著沈千錦跑，閉了周身魔氣，且戰且退，在城中找個地方躲起來，待得天亮，衝出城外，再用瞬行術逃回塵稷山。

沒有芷嫣的身體，也沒有沈千錦，我還不信他們真能去捉琴千弦來放血。只要讓他們沒辦法復活洛明軒，那麼殺柳巍與柳蘇若的事，便可從長計議。

轉瞬之間，我心裡拿定主意，將沈千錦的手一拽，盯著面前怨毒的柳蘇若，手中六合劍全力一揮，天雷閃電劈了出去，柳蘇若舉雄劍來擋，天雷纏繞在她的長劍之上，似將她的手觸得麻痺，她身體微微一顫，分了注意。

我趁機再次揮劍，這次，我帶著沈千錦退出廂房，召了天雷自空中落下，砸在房梁之上，霎時將整個房屋燒出烈焰，暫時將柳蘇若困在其中。

此時，頭上金光陡然壓下，身側的沈千錦猛地拉了我一把，讓我堪堪避過落在我身側的金光長劍。

我仰頭一望，是方才使劍時的魔氣引來了一把禦魔陣上的金劍。

「先不跟妳道謝了，咱們先走。」

我拽著她往墨青那方跑去，沈千錦咬牙隱忍，手死命壓著脖子上的傷。然而快速的奔跑卻讓她的臉色比剛才更蒼白了幾分。

「妳忍著，挨過今晚，明天就有人給妳治傷。」

沈千錦只瞥了我一眼，眸中神色已經冷靜，「那是萬戮門厲塵瀾？」

她問我這話，我心裡一個咯噔，「妳不會有什麼仙門的潔癖，不想讓魔修救妳的命吧？」

「沒有。」她聲色涼涼道，「能讓這大魔頭來幫忙，芷嫣，我竟不知道妳有這種本事。」

呵呵，以前我也不知道妳這冷面仙姑竟有在這種情況下打趣人的本事啊。

話說到此，一陣風掃過，柳蘇若一襲淺白衣衫飄到身前，攔住我與沈千錦的去路。

她面色陰沉，嘴角的笑更是冷意森森。

「想跑？」她手中雙劍一振，而今在這院裡，天上禦魔陣的金光已將整個錦州城照得如同白晝一般亮，此時我才將她手中的長劍看個清楚，只見她的雄劍之中隱隱有血色光華在流轉波動，柳蘇若道，「我的劍，尚未飲足鮮血呢。」

我應了她一句：「妳去殺隻雞將就一下吧！」

言罷，我身形一動，心知今日不將這老妖婆打在地上爬不起來，她是不會甘休了！

六合劍直取柳蘇若的心房，她堪堪架住我的招式，天雷在我與她之間閃爍，我衝沈千錦大喊：「往厲塵瀾那方跑！」

此時，我驅動體內的修為卻再次觸動天上陣法，金色長劍如雨似箭一般射落下來，這灼灼仙劍尚未落到我身上，便憑著自身仙氣割破了我的衣袖，灼紅了皮膚。

我側身躲開，眉頭一皺，柳蘇若在那方猖狂一笑，「去萬戮門修了兩天魔，便敢來鑒心門送死，無知！」

我沒理她，只往她身後一望，望見此時在半空中抗住萬千金光長劍的墨青，那一襲黑袍被烈烈長風拉扯顫動，可他的身影卻似大山一般巍峨，好似千刃萬刃亦不可摧。

我過去困難，乾脆直接叫墨青過來算了，他雖是萬矢之的，可也是離開錦州城的唯一指望。

今天他能走，我便能走，他若死在這裡，我便也死在這裡就是了。

我揚聲大喊：「墨青！」

這個名字像有魔力一樣，直接穿透那喧囂的激烈抗衡，衝入墨青的耳朵，他倏爾一轉頭，與我四目相接。

啊！不對！喊錯了！

我應該叫他師父啊，要不然該叫厲塵瀾的，真是情急了！

不過管他呢，現在這狀況，也顧不了那麼多了，總之讓他看見我就是了，叫什麼不重要，這次要是能活著出去，回頭再跟他瞎掰扯。

「哼。」柳蘇若在我面前一聲冷笑，「誰也救不了妳！」

柳蘇若雌劍再是一動，往空中一拋，化形為九把劍，在她的驅使下不停地在我身邊打轉，像蒼蠅一般見縫插針地往我身上刺來。我招架之際，餘光瞥見空中欲往這邊來的墨青，被柳巍與數百名鑒心門弟子纏住。

嘖，這些仙門人就是以多欺少，麻煩！

我動了怒氣，乾脆不躲不避，本著你讓我不好過，我便不讓你好過的心思，將一身氣息灌入六合劍中，劍上電光大漲，我執劍一挽，不管是柳蘇若的雌劍，還是天空中殺下來的金劍，通通一陣攪和，在周身舞出一道旋風，雷鳴之聲大作，直至長風似龍，觸碰到禦魔陣的天頂，所有金光長劍皆被我引了過來，我一聲斷喝，手中六合劍向長空一揮。

所有落下的金劍與柳蘇若化形的雌劍，連帶著電閃雷鳴和狂風，通通被我甩上了禦魔陣天頂，轟一聲，與頂上金光撞成一團。

只聽禦魔陣一陣劈啪作響，金光與藍色閃電相互糾纏，轟鳴爆裂之聲不絕於耳。

所有人的動作好似都在此時有了一瞬停頓。

趁此空隙，我身形一轉，欲跟上沈千錦，與她一同跑到墨青身後，然而便在此時，身後的柳蘇若宛似陰魂不散地怪叫一聲：「休想跑！」

耳邊刷的一聲，她那帶著血光的雄劍飛快向我襲來，我轉身欲擋，可未曾想那雄劍竟是被柳蘇若操控著轉了個彎，向前面的沈千錦後背殺去。

糟了！

這個角度殺過去，能直接從後背刺穿沈千錦的心房！我不能讓她這劍再取到沈千錦的血！

當即，我腳尖在地上一點，拚盡全力撲上前去，堪堪將雄劍的劍柄抓住，使雄劍去勢一頓。前面的沈千錦似有所覺，猛地轉過頭來，可我一句「躲開」還沒喊出去，卻見沈千錦瞪大了眼。

在她漆黑的眼瞳裡，我隱約看見了身後柳蘇若冷笑的面容，與那天空之上飛下來的雌劍，徑直衝我的後背而來。

下一瞬間，尖銳的刺痛刺穿我的肩頭，右手霎時無力，雄劍脫手而出，往前穿刺而去，但劍勢已弱，被沈千錦一擊擋開，雄劍又自飛回柳蘇若的手裡。

沈千錦停下腳步，喚了聲「芷嫣」，回身欲來救我。

而我倒在地上，一回頭，但見天空之上禦魔陣的金光已將我方才那記六合劍的電擊消化了去，金劍再次凝結出數千把，密密麻麻，夾帶著柳蘇若剩下的幾把雌劍，窸窸窣窣，從天而來，似要將我穿出漁網般的窟窿。

在柳蘇若的冷笑中，我陡然想起之前向芷嫣保證過的話，心頭暗道我許是要失言了……

在此無望的時刻，但見一道黑風席捲而來，帶著似能撼天動地的力量，穩穩落在我身前，一記劍氣，將那煩人老妖婆的冷笑生生打斷。她被打到哪裡去，傷得如何，死沒死，我根本沒心思去關注。

只見那把普普通通的萬鈞劍，在那狠狠地一揮之後，揮劍出去的力道徑直將半個鑒心門夷為平地，所有房屋如同狂風暴雨中的枯木，盡數摧折。

墨青似有滔天之怒，先前纏著他的鑒心門人欲再次攻上前來，我仰躺於地，得見他面色緊繃，眸中殺氣大盛，令人望而生寒。

「師……師父……」

我喚了他一聲，終於喚得他將目光落到我身上，好似有那一瞬，他盛怒的殺意背後，流露出一絲內心深處的隱痛。

他看著我，好似方才那一劍是扎在他身上一般，甚至……更甚於扎在他身上。

他在心疼。

心疼我。

正因為心疼，所以無比痛恨傷害我的人，也因痛恨，而有了雷霆之怒。

第十八章　破陣

我詫異於墨青的滔天之怒，也再次震撼於他凶悍的力量。

他卻只是看著我，沉沉地落下四個字。

「我帶妳走。」

明明不似俗世情人間的甜言蜜語，也沒有半分情郎應該有的輕軟溫柔，可就是這麼普普通通的四個字，卻猛地擊中了我心尖最柔軟的地方，纏住了我的心臟。

我感覺他好似對我有著十分隱晦而深厚的情，我告訴自己，這只是墨青對芷嫣這具身體擁有的感情，不是對我的。

但我卻忍不住因為他這四個字，沉浸在他清澈的眼眸裡，讓他的感情如同一股暖流，包裹住我心裡每一塊壞死且冷硬的僵死之處，恍惚間，竟似將我所有的尖銳都軟化了。

有那麼一瞬，我竟覺得自己像個乞丐，撿拾著別人與別人感情的溫流，因為……我無法想像，世上還有誰願意這般對我。

我愣怔地看著他，挪不開眼。

可不由我失神更久，夜空之中，因墨青方才那道駭人的魔氣，禦魔陣開始轉動陣法，金光亮得耀眼，數萬把金色長劍匯攏聚集，慢慢凝成一把巨大的八面劍，高懸於空，光芒更甚盛夏烈日，劍尖尖端，殺氣凛然，直指墨青。

沈千錦面色沉凝地在旁邊喊道：「不好，快躲！」

能躲到哪裡去？

禦魔陣在此，鑒心門人包圍四周，整個錦州城內，無人不想除魔衛道，這座城裡，處處是殺機。

我沒動，墨青也沒動。他轉開目光，揚起下顎，望著天上高懸的長劍，絲毫不懼它的威力，背脊挺得筆直，擋在我身前，望著他此時的背影，我又不禁想到那日，在劍塚之中，我亦是在這般絕境中，重傷孱弱，坐臥於地，他也是如此擋在我身前。

我心頭一笑，只覺命運那般巧合。

到底是與當初不一樣了。

墨青手執萬鈞劍，立於面前，手掌在劍刃上一抹，鋒利的刃口立即劃破他的掌心，鮮血染上萬鈞劍劍身，劍刃之上冒出濃厚黑氣，他一身氣場炸開，狂風四起，拉扯著他的髮絲與衣袍，將鮫紗的黑袍扯得烈烈作響。

此時在我與沈千錦身上，也慢慢浮現出一層單薄的黑氣，隔絕了逐漸變得刮骨的大風——是墨青在保護我與她。

他記著我的話，要救沈千錦。

狂風烈烈，萬鈞劍陡然向地而入，劍尖沒入大地之中，劍刃之上，墨青的血如被萬鈞劍吸收了一般，盡數不見，只餘黑色藤蔓愈演愈烈，糾纏旋轉，自地面捲出一條巨龍，呼嘯著盤旋在墨青周身，巨龍越轉越快，黑色的魔氣與天空中的金光相互抗衡擠壓。

四周的空氣好似越變越重。

黑龍向上，與金光撞在一起，最終卻悄無聲息地消失在空中，而墨青周身環繞的颶風卻沒有停止，反而像進入了另一個層級，周遭的風倏爾一震，啵的一聲，如同水滴入湖，波浪震盪開來。

可沒過多久，這震顫波動再次激盪而出，越來越多，越來越快，從一開始雨滴之聲變作敲石之聲，最後變為擊鼓之聲，聲聲低沉，震撼耳膜，將心底的弦都敲得緊了起來。

然而，不止聲音如此，隨著震顫的聲音越發渾厚，長風震出的波動也越發激烈，一聲聲，一層層，天地之間似有萬千壓力從墨青手中的萬鈞劍排山倒海地推開。

一則摧草木，再則摧樓閣，而後震盪大地，搖晃整個錦州城，撼動禦魔陣的根基，使金光顫動，地震山崩。

這撼天動地的震顫一如當初在劍塚之中，萬鈞劍再臨人世時發出的怒吼一般。

魔王魔劍，在魔王遺子手中，更甚當日之威。

周圍的鑒心門人與柳巍早不知被這巨大力量捲去了何方，整個錦州城如經歷了一場劇烈的地動山搖，所有房屋盡數夷為平地。

墨青這是……想直接從錦州城裡，震碎禦魔陣！

這光是想，就已經是個突破天際的想法了，他居然當真這樣做，甚至……還有一點快要成功的苗頭！

儘管禦魔陣被撼動，天空之上，那金光巨劍依舊耀目懸立，光芒甚至更甚於方才，想必是墨青的魔氣更進一步地刺激到了陣法。

忽然之間，長劍落下，狠狠砸向墨青，我手握六合劍，欲站起身來，幫他扛上一扛。

然而我還沒動作，只聽「咚」的一聲，似廟裡傳出的晨鐘清音，金光巨劍的劍尖，堪堪停在墨青頭上五丈遠的地方，與墨青周身的黑氣相撞。

撞擊的力量形成一道氣浪，在半空中橫掃整個錦州城，撞上錦州城周邊動盪的金光，發出一聲巨大的嗡鳴。

金光巨劍暫時與墨青之間達成一種詭異的平衡，但即便相隔甚遠，那灼目的仙氣依舊刺痛我的皮膚。

我瞇起眼望著天空，方才消失的那條魔氣凝成的黑龍又再次出現，纏繞著金色巨劍，像是與巨劍角力一般，糾纏對抗，拉著巨劍往空中退去。

墨青持著萬鈞劍站在原地，眉目微垂，如一個隱藏所有情緒的帝王，不動聲色地抵抗著這世間所有的敵意。

但借著天上那過於強烈的金光，我方察覺到他的後背之上，那鮫紗袍子被暈染濕透，因為顏色太黑，根本看不出他的後背是被什麼弄濕，可我知道，那是他不露聲色的表面之下，深藏的透骨傷口。

不行……

若是墨青如今身體完好，或許撞碎這錦州城的禦魔陣當真可以一試，但他重傷在身，做到這種程度已是他人根本不敢想像的了。再這樣下去，對他身體的負擔過大，不能持久戰。

得想個辦法……

我正在琢磨，此時，忽見在錦州城空中飄來另外一道黑氣，再定睛一看，那黑氣竟是在錦州城禦魔陣的金光之外！

是外面的人，外面也有魔修在試圖破壞禦魔陣！

是誰？這麼快就知道錦州城發生爭鬥的消息？又是誰敢在這勝負未分的時候插手幫我與墨青？萬戮門的人嗎？不是，北山主被囚，顧晗光足不出戶，司馬容更不可能有這般修為力量，是東山主那個瘋丫頭？不……她只會用更粗暴的方式撞城門……

我還沒思考出合適的人選，就在這時，禦魔陣凝出的金光劍也感受到來自城外的魔氣攻擊，巨劍登時分開，化作無數小劍，劍刃向外，朝外面的魔氣射殺而去。

墨青趁機將更多力量灌入萬鈞劍中，大地崩裂，禦魔陣劇烈晃動，可依舊沒有崩裂。

我一咬牙，心知不能再拖，我一手摁住肩頭上的傷，就著肩上的血，染上拇指，順手在六合劍上一抹，施了個簡單的血祭術，加持六合劍的威力，不管不顧地將芷嫣身體裡所有的力量都調動起來，聚集於六合劍上。

沈千錦在旁邊盯著我，眸光詫異，似愕然我為何會血祭這般邪術。我沒管她，一轉身便站到墨青身前。

我看了他一眼，這時候的他，更像一尊神像了，只是這黑氣纏繞，比起普通的神，更似一尊邪神。我嘴角一勾，輕輕一笑。

嗯，我喜歡邪神。

我立在他身前，與他一樣，閉上眼睛，吟誦咒語，六合劍上光芒大作，我沉靜下心，握住劍柄，將六合劍擲於地中，一聲果斷輕喝：「雷來！」

六合劍周身一陣劇烈光芒顫動，一記藍色光芒單薄似線，徑直衝出天際，我靜靜等了片刻，但聞錦州城外，天頂之上，巨大的電閃雷鳴被召了過來。

天雷攢動，轟鳴一聲，好似來自九重天上的怒吼，一記巨大的天雷轟然落下，從錦州城外砸在禦魔陣上。

藍色的雷光與陣法金光交相輝映，美景勝過任何一個黎明與晚霞，就在這時，墨青睜開雙眼，腳下大地登時龜裂成了碎片。

和著天上的電閃雷鳴，錦州城這造了數年，被仙門稱為銅牆鐵壁的禦魔陣，應聲而破。

霎時間，所有術法的禁制都不復存在。

墨青一把握住我的手，他什麼都沒看，不在乎他剛才如何顛覆了仙門人心中的神話，更不在乎他如何使山河破碎。

他只定定地望著我，輕聲說：「我帶妳走。」

又是這四個字。

像是他藏在心頭的一個夙願，此刻終於能了結了一樣。

不知為何，恍惚之間，我竟被他感動得失了言語。

我頭一次知道，原來我路招搖，也有心甘情願讓另一個人的風頭壓過我的時候。

「好。」

我讓你帶我走，我讓你保護我，我讓你愛著我。

因為我也想跟你走，我也想被你保護著，我也想讓你……

我垂下眼眸，任由一閃而過的瞬行術，打斷我方才那著魔似的想法……

第十九章　回山

在瞬行術帶來的短暫眩暈後，我鼻尖又嗅到了塵稷山上野花的芬芳，耳邊喧囂退去，所有的事塵埃落定。

墨青帶著我與沈千錦一同落下，但他好似已經用光所有力氣，連瞬行術也失了準頭，這不知是落到了塵稷山的哪一個山頭上，黑壓壓一片，寂靜得只有蟲鳴聲。方一落地，墨青便單膝跪地，勉強撐住身體，沒有倒下。而我直接就地一滾，仰躺在地上，旁邊的沈千錦堪堪站穩身子。

一時之間，三人靜默無言，我望著靜謐的夜空，方才那被金光魔氣炸裂過的腦子終於慢慢安靜下來。

然後逐漸找回剛才那一瞬間，好似被丟掉的理智，我在想什麼？我想讓墨青帶我走，保護我，愛著我……我什麼時候產生那種亂七八糟、情情愛愛的想法了？

我看著安靜的墨青，心道，是剛剛風太大，金光太耀目，所以把我折騰傻了吧。

「此乃何處？」沈千錦似終於反應過來似的，冷靜開口。

墨青沒有回答，我艱難地抬起手，晃了晃，「大概是在塵稷山……」我借著星空辨別方向，往我腦袋後面指了指，「我沒力氣了……妳還能飛，就帶咱們去南山主的山頭，找顧晗光給咱們三個病號看看……」

沈千錦聽聞此言，神色愣了一瞬，「顧晗光……」

哦，對，這名字是不是很熟悉啊，是妳老情人呢，只可惜妳都記不得了。

我捂著傷處，彎了唇角，不由得有點期待，那從來給人一張臭臉的小屁孩，突然看見沈千錦出現在自己面前，表情會怎樣精彩呢……

沈千錦依我所言，將我與墨青用瞬行術帶到顧晗光的小院裡。一落地，便嗅到一股藥草味。

還沒做什麼動靜，顧晗光屋裡的燈便點亮了，房門被沒好氣地拉開，小孩身體的顧晗光披著雪貂走了出來，一臉陰沉地道：「這才幾天，就來第二次，你們到底在折騰什……」話斷在一半。

我盤腿坐在地上，望著愣怔盯著沈千錦的顧晗光，跟他打招呼：「南山主，快來給咱們看看傷吧。」

我們三人，身上不是血就是土，除了墨青那一身黑袍看不出端倪外，我與沈千錦的衣服都駭人地可怕。可真要論起來，只怕墨青……

想到此處，我有些不想看戲了。

我轉頭瞅了墨青一眼，但見他一直微微垂著眉目，靜心凝神，手掌輕輕撫在心口之上，似在自行調息。

顧晗光盯著沈千錦，沈千錦也有些好奇似地打量著他，畢竟在江湖之上，萬戮門的南山主從未出現過，她記不得他以前的模樣，也不知道他現在如何，於她而言，顧晗光只是一個陌生人。

「觀雨樓沈千錦，有禮了。」

她一開口，似刺得顧晗光回神了一般，他小小的身體微微往後退了一步，垂下頭，神色不明地嗯了一聲。

我來不及顧及他的心情，便喚他道：「南山主。」我看了眼墨青，顧晗光接到我的眼神，便也順著往墨青那方一看。

只見他眉頭狠狠一皺，徑直走到墨青身邊，將他打量一番，動了薄怒：「你竟比路招搖還能胡來！」

我在一旁沉默地中了一箭，沒有多嘴。

墨青似在努力壓抑疼痛，可出口的嗓音依舊沙啞：「先給她包紮。」

「我不要緊。」我話音剛落，顧晗光便從懷中掏出兩個紙人，紙人落地便化作兩名少女，一左一右，分別將我與沈千錦扶著，往屋裡走，而顧晗光則拉著墨青，一個瞬行，不知去了哪裡。

我隨紙人回了房間，任由紙人將我肩頭衣裳褪下，我趴在床上，離了魂去。掙脫了芷嫣這負擔過重的身體，在屋子裡轉了一圈，然後往地下找去。

如果我沒記錯，顧晗光在這院子下面弄了個小小的煉丹房，十分安靜。

我穿了下去，果然在小小的煉丹房裡找到了顧晗光與墨青。

墨青盤腿坐著，顧晗光將他上半身的衣裳褪了，眉頭緊緊皺著，一副老成的模樣與他外觀極其不合，他沉聲問著：「厲塵瀾，你是嫌命太長嗎？」

我連忙飄到墨青背後，觸目一片血肉模糊，即便我見過那麼多的血腥殺戮，此時也不由得心頭一跳，咬緊了牙關。

墨青卻發出一聲輕笑，像是根本不覺得痛，反而還有幾分開心一樣，「不……頭一次感謝餘生太長，才能等到今日。」

聽這話的意思，就是今天之前，都嫌命太長囉？

我不明白他的心思，顯然顧晗光也不明白，他氣得咬牙：「嫌餘生太長，就別來找我，你該如路招搖那般，死得遠遠的，省得回來累我名聲。」話雖如此，他手上的金針卻落得奇快，漸漸地，那血流不止的傷口便慢慢停住了。

我卻在顧晗光後面狠狠踹了一腳他的屁股，可透明的腿直接從他身體裡穿了過去。現在打不到他，我便把怒火積在胸口。

很好！小子，你給我等著，看我回頭怎麼收拾你！

墨青像是根本沒聽到顧晗光的言語一般，在他的治療中，慢慢地閉上眼，只是到閉眼前的最後一刻，他的嘴角都微微揚著淺薄的笑意。

像一個吃到糖的小孩，那麼心滿意足。

有什麼好心滿意足的呢？

明明傷得那麼重，明明……只是從錦州城裡逃出來，對他來說，根本什麼也沒得到啊……

等到了第二天，我才發現，我之前還是天真了點，因為墨青得到的東西，簡直不能更多！

我在顧晗光的側院裡，一邊聽著芷嫣回魂之後，痛得哀哀慘叫的聲音，一邊聽著前來尋找沈千錦的觀雨樓使者傳來的消息。

昨天夜裡，天尚未亮，沈千錦便把自己身在萬戮門的消息傳回觀雨樓，觀雨樓立即派人過來照料，使者也連夜帶來了仙門中的消息。

厲塵瀾昨夜獨闖錦州城，以萬鈞劍之威，獨自一人毀了錦州城的禦魔陣，造成錦州地動，使鑒心門幾乎全滅的事，已在一夜之間遍曉天下。

仙門魔道，無不驚駭。

這個消息的震撼更甚於昨夜錦州城的地動山崩。

錦州城的禦魔陣是仙門人的驕傲與信仰，是當年仙門擊退以我為首的魔道的標誌，它的象徵意義比存在意義要大得多。

這樣的陣法，在沒有絲毫預兆的情況下，被厲塵瀾一舉摧毀，還是打內裡突破，這無不讓所有仙門之人戰慄，也讓尚未歸順萬戮門的魔道膽寒。

所以今天一大早，已有許多未歸順萬戮門的魔道中人，宣布要加入萬戮門。

霎時，我理解了昨天墨青嘴角的那個笑！

原來如此啊！昨日一戰後，他的魔王之位妥妥地坐穩，就差一個封王大典了！

同時，仙門也認為這是一個信號，當年連路招搖舉大軍也無法攻破的錦州城，如今卻被厲塵瀾隻身攻破，可見厲塵瀾的實力比當年的路招搖要厲害許多。

以魂魄之體聽到觀雨樓使者與沈千錦竊竊私語這句話時，我掀了桌子，雖然桌子跟昨夜的顧晗光一樣並沒有什麼反應。

墨青能破錦州城，也有我的功勞好不好！

我還拿六合劍召了一記天雷呢！

那城外還有個不知名的魔修來搗了一下亂，瞎幫了一個忙呢！你們這些傳消息的仙門中人，怎麼不把當時情況完整地說出來啊！你們這是有失偏頗！

雖然我承認，昨夜的墨青，確實是在場最帥的一個……

可也不能忽略我的功勞啊！

能召來天雷也是很厲害的好不好！你們居然隻字不提！

但不管我怎麼憤怒和不甘，觀雨樓的使者也就如此將這些事報完了，沈千錦也是個不懂事的，都沒有幫被我附身的芷嫣掙個名聲。

「幾個仙門主張就昨夜錦州城一事，召集十大仙門掌門共商事宜，而今鑒心門主柳巍下落不明，樓主，前日妳受鑒心門之邀前往錦州，昨日錦州之難後，妳卻身在萬戮門中，於各仙門，恐怕不好交代……」

沈千錦坐在椅子上，淡淡地喝了口茶，「沒什麼不好交代的，各家掌門將時間定在多久？我這裡正有一事欲報予各掌門。」

「五日後，在仙臺山。」

沈千錦點了頭，轉身去找芷嫣，開口第一句便是讓芷嫣隨她一起去仙臺山，將柳巍所做的事報予眾仙門掌門知曉。

芷嫣沉凝片刻，轉頭瞅我，目光似在尋求意見。

我淡淡掃了她一眼，答道：「這是妳的身體，也是妳的事，妳想去便去就是。只是我得提醒妳，柳巍想復活的人不是別人，而是金仙洛明軒，那些仙門的老頭子不是個個都像妳面前這個沈千錦一般明事理、好說話。搞不好，他們還是會抓妳一起去復活洛明軒。唔，不過如果琴千弦在場的話，他約莫還是會護妳的。」

芷嫣沉凝片刻，終是咬著牙禮貌拒絕道：「沈樓主，我如今已是入了魔道的人，仙門的會議，我便不去了，省得給妳招惹流言蜚語。」

我挑了挑眉，看來先前琴千弦選擇相信柳巍不信芷嫣，給芷嫣造成不小的創傷呢，而今芷嫣也是不願意信他了。

沈千錦聞言，細細一想，也明白芷嫣的顧慮，倒是沒有強求。

見她們這裡沒事兒了，我正打算去下面煉丹房看看墨青，卻見窗外一隻黑色大鳥一頭撞破顧晗光這屋子的窗戶，蠻橫霸道地闖了進來，張著翅膀落到桌子上。

芷嫣被牠嚇了一跳，卻見大鳥在屋子裡掃了一圈，朱紅的眼睛一下便盯住了坐在床上的芷嫣，哇一聲怪叫，飛到她身上。

芷嫣一聲驚呼，旁邊沈千錦拔劍要斬，大鳥卻自己從腳上啄下了一封書信，然後和來時一樣，大搖大擺地從窗戶裡飛了出去。

芷嫣愣愣地看著被褥上黑色的鳥爪印，然後拾了信封，打開來，我飄到芷嫣身後，將頭從她肩膀上探過去，與她一同看著那封狂草的書信，半分不講文法地寫著——

小美人兒，昨夜錦州城來得遲了，妳可有受傷？厲塵瀾護不好妳，不如來找我？

落款：姜武。

我看得撇嘴，昨天那道城外的魔氣，原來是這傢伙來湊的熱鬧。

上次墨青沒把他打死，這是歇了些時日，又想出來興風作浪了嗎？

真是年輕。

芷嫣卻看得皺了眉頭，將這狂草狠狠一揉，扔在地上，「這登徒子！」

剛罵了這話，將紙團丟到門口，卻被一隻腳踩在腳下，我的目光順著那隻腳往上一望，竟是面色還有幾分蒼白的墨青。

他掃了芷嫣一眼，芷嫣渾身一僵，凝在當場。

墨青面無表情地挪開目光，將地上的紙團撿了起來，隨手打開一看，他皺了眉頭，眸光一寒，那張被揉成團的紙，霎時就被燒了個乾淨。

他走進屋來，外面院裡忽然響起了大鳥「啊啊」的怪叫，我從被大鳥撞破的窗戶往外一望，剛那才威武霸道的黑鳥竟不知被什麼力量拖了回來，此刻被死死地壓在地上，任牠如何掙扎都飛不起來，只狼狽地掙了一身塵土。

墨青是……因為察覺到這隻鳥，所以才過來的嗎？

他往後一轉頭，暗羅衛霎時出現在他身後，他冷聲下令：「丟進沸水裡，燙了拔毛，拿去江城售賣。」

江城原是姜武的落腳地，這是在給人示威呢……

「沈樓主。」外面的暗羅衛提著黑鳥走遠了，墨青上前與沈千錦道，「借一步說話。」

嗯？這是傷還沒好，就開始有了新的謀畫了嗎？上次是聯合千塵閣在江州城拔了姜武的據點，這次打算聯合觀雨樓做什麼呢？

第二十章　試探

我起了好奇，看著墨青與沈千錦走遠，便偷偷跟了前去。但見墨青將沈千錦帶入旁邊一間小屋中，我隨之飄了進去。

屋裡，兩人站定，沈千錦與墨青點了個頭，算是行過客對主的禮，「昨夜有勞厲門主相救。」

「無妨，不過順手搭救而已。」墨青應答了一聲，也沒客套，開門見山地問道，「只是想詢問沈樓主，昨日樓主在場，可是為了與鑒心門柳巍一同令洛明軒甦醒？」

「洛明軒？」沈千錦眉頭微微一皺，顯然還不知道柳巍與柳蘇若想復活的人是洛明軒。

她沉凝片刻，「昨夜我只是受柳門主所邀，去鑒心門赴約，可到鑒心門後，卻被人偷襲，傷了頸項，取了點血。我從他們零星對話得知他們要用我的血去復活某人，並不知那人是金仙洛明軒。」

「嗯。」墨青那雙見了我素來溫和的眼眸裡，隱約帶著幾分透骨涼意，「若是知曉，沈門主自願獻身？」

沈千錦一笑，「觀雨樓，觀雨亦觀世人，觀萬象，萬象皆有道，生死自有命理，金仙既已沉睡，便是他的命理，不該犧牲活人為他獻祭，如此做法，與邪魔歪道又有何異？」說完，她頓了頓，「抱歉，並無歧視魔道之意……」

我在旁邊摸著下巴聽，聽到此處點了點頭，冷面仙姑還有點意思，難怪顧晗光這麼多年還對她念念不忘。

墨青聞言，眸中寒意稍稍褪去了些，復而又問道：「但聞十大仙門欲在仙臺山召開仙門大會，沈樓主想來必定受邀，可是打算前去赴約？」

「理當赴約。」

「如此……便恕厲某冒犯了。」

墨青話音一落，沈千錦一怔，這時沈千錦所站之地倏爾冒出數道由魔氣凝成的柵欄，四四方方地將她囚在其中。沈千錦眉頭微皺，沒急著動手，只瞇眼問墨青：「厲門主，這是何意？」

「鑒心門既要妳的血，便說明他們需要妳才能復活洛明軒。沈樓主明事理，守天地大道，別人卻並不一定這般想。洛明軒金身尚在人世一日，我便不許他人有任何甦醒他的機會。」墨青一邊沒感情地說著，一邊往門外走，「不是洛明軒金身落入我萬戮門手中，就是柳蘇若與柳巍屍身擺在我面前，否則，還委屈沈樓主，先在此處將就些時日。」

沈千錦沒有言語。

我跟著墨青飄出門去，只道如今這小醜八怪真是使得一招好手段，昨晚受了那麼重的傷，一夜調息過來，還能心思縝密地顧及這些事。

看來，他真是十分不想讓洛明軒甦醒呢……

天……怎麼辦，經過昨天的事，我越看這小醜八怪，越覺得順眼了！

殺伐決斷，運籌帷幄，雖外表沒有一股猖狂張揚的勁，可他的內心盤踞了一條令人望而生畏的巨龍啊！

他當真將萬戮門管理得很好，在立威的同時，還給魔道統治土地之下的平頭百姓施以仁慈，或許他真能締造一個屬於萬戮門的盛世。

越是如此想著，我便越是覺得，現在即便給我一把刀殺他，我還真有點……捨不得了呢。

這一天，整個江湖似乎都被昨夜錦州城的餘波震顫。

然而不管對別人而言，今天有多麼煎熬，在我看來，昨天的風波都已過去。洛明軒沒有復活就行了，我現在一個死人，別的事都不在乎了。

我陪著芷嫣在屋裡打坐，我斜斜倚在床上，閒來無事指導她一兩句，更多的時間就是望著房梁發呆，腦海裡閃過的，都是這段時間來，與墨青有關的畫面。

我像是生病了一樣，越想越多，直到最後腦海裡全是墨青昨天說的那四個字——

「我帶妳走。」

啊……到底為什麼會這樣呢，明明已經過了這麼久，可是一回想起來，還依舊言猶在耳，好似能再次衝擊我的心房。

到了傍晚，墨青來了。

這小醜八怪白天不知跑去哪兒忙了，大概沒有好好打坐調息，於是現在臉色依舊不似之前那樣健康。顧晗光說得對，他比我還能胡來，以前我任性，可還是惜命的，他卻一點也不……

墨青入了屋，但見芷嫣尚在打坐中，他不驚不擾，自己在桌前坐下，自行倒了杯茶，輕抿一口，似在等著芷嫣醒來。

我飄到桌子對面坐著，直勾勾地盯著他，喚了一聲：「小醜八怪。」

他自是聽不到的，於是我便自言自語地說：「你要知道，你家死了的先門主正盯著你，你喝茶還能喝得這麼淡定嗎？」我伸手戳了戳他的茶杯，手指穿過杯底，指尖沒停，一直伸手，摸到了他的臉頰上，「作弊啊，怎麼在我死了之後才變得這麼好看，害我都不忍心帶你走了。」

我的手指順著他的臉頰往下滑，然後捏住他的下巴。

適時，天色將黑，芷嫣屋裡尚未點燈，墨青一抬頭，欲點燈火，這倒像配合著我，將下巴揚起來一樣，他盯著燈火，而我便在燈火之後，不躲不避地看著他。

為什麼呢？

這段時間以來，對墨青的逃避、不捨與這糾結跳動的心臟，到底怎麼回事？

腦海裡時不時出現他的身影，又是怎麼回事呢？

甚至像現在這樣，與他在空間中奇妙地對視，這一腔燥熱又是怎麼回事呢？

我看著他輪廓漂亮的嘴唇，是不是吻一下，這些問題就都能有答案了呢……

我湊上前去，蜻蜓點水，淺淺地一碰，卻不似上次那般，只觸碰一下便猛地彈開，我停了很久，直到好似錯覺一般，感受到來自人的皮膚的溫度。

「呵！」旁邊芷嫣倒抽一口冷氣，驚醒了我。

我猛地往後一撤，瞪了她一眼。

只見芷嫣睜大了眼，拚命地咬著嘴唇，一副受到不小驚嚇的模樣。

相較於她的驚駭，墨青只是轉頭看了她一眼，隨即又回過頭來，輕輕喝了一口茶，卻又感覺有些異樣地抿了抿唇。他這動作微妙，想到他之前說於鬼神之事有點研究，讓我看得有幾分心驚。

芷嫣也很是心驚，她瞪圓了眼睛給我使眼色，像是想讓我趕快回到她身體裡面，替她應付墨青一樣。

可我現在也不知道要怎麼用她的身體應付墨青。

我沒動，芷嫣一見，當即雙眼一閉，往床上一倒，直接離魂出來了。

「……」

她從身體裡爬出來，連聲問我：「妳怎麼了？妳怎麼了？」

我也不知道我怎麼了。

我坐在墨青面前，看著他望向那邊癱軟的芷嫣身體，目光似有幾分考究，卻一直坐著沒有動作，甚至沒過去扶一下。

「我忽然想起一件事。」

芷嫣問我：「什麼？不對……」她道，「這種時候別想那些事，妳先進我的身體，把他應付走了再說。」

我沒動。

我只是想到了很久之前，我第一次見到墨青的時候，那時他狼狽不堪，被十大仙門圍攻，所幸洛明軒不知道是不是在養傷還是幹別的，所以沒有來。

墨青抱著他死去的娘，滿臉絕望，一如昨日我躺在地上，等柳蘇若的雌劍與萬千天光一同落下的模樣。

那時我救了他，就像他昨天救了我一樣，我單手抱起還很小的他，盯著四周強敵，對他說：「我帶你走。」

我不知道，當時他內心的感受與我昨日的感受有幾分相似，唯一能猜測的事情就是……

墨青在那種情況下對我說這四個字……他會不會，已經從芷嫣這個身體裡看出了端倪？甚至……他早已發現事有蹊蹺，只是一直按捺不發？

不過也可能是因為這四個字太普通，恰巧撞上了而已……

因為，如果他早就看出芷嫣身體的不對勁，為什麼不揭穿我的身分？為什麼還要送我六合劍，贈我九轉丹？

墨青那麼聰明，他不會想不到，路招搖若是回來，纏在他身邊，必定是心懷不軌……

他這般放縱我，甚至寵溺我，總不能是因為他從頭到尾，都是喜歡我路招搖吧。

此念一起，我心覺荒唐，可卻莫名生出幾分期待……

我邁步往芷嫣的身體走去，芷嫣在旁邊嘀咕：「妳還是先和我說說妳想起什麼事了吧，我有點好奇……」

我沒搭理她，一頭撞進她的身體裡，然後站了起來，走到墨青對面坐下，「師父。」

墨青放下茶杯，隔著桌上跳躍的燭火看著我，「嗯。」

「剛才我暈倒的一瞬間，夢見路招搖了。」

只見墨青眉眼微微一彎，哦了一聲，像是在靜待我胡扯瞎編。

我卻實話實說道：「我看見她親你了。」我站了起來，伸出手去，像剛才我對墨青做過的事一樣，捏住他的下巴，迫使他微微仰頭，「就像現在這樣。」

墨青透亮的眸光盯著我，神情三分錯愕。

芷嫣在我旁邊叫得跟殺豬一樣淒厲：「大魔王！大魔王！不要！我不要！妳冷靜！」

她的魂魄擋在我與墨青中間，可半透明的她並不影響我與墨青對視。

我也沒打算當真用她的嘴去吻墨青，只是這般捏著墨青的下巴，問他：「她親了你，你感覺到了嗎？」

我直視著他，想讀懂他眼裡隱藏的所有祕密。

第二十一章　喜歡

那雙幽深漆黑的眼瞳裡映著我與他之間的點點燭光，而燭光背後是這具芷嫣的身體。

他定定地望著我，在初時的錯愕後，眼神一斂，擋住了錯愕之外的情愫，等再抬起眼時，他眸中如起了一場大霧，再次遮掩所有情緒。

墨青抬起手，握住我的手腕。

我一挑眉，哦，少年，你這個動作很挑逗嘛。只要將我往前面一拉，我必定是毫無防備地往桌子上撲倒，到時候你是不是就要反過來捏住我的下巴，調戲我了啊？然後對我吐露情誼，坦白謀畫……

我正如此想著，可墨青到底是墨青，所思所想果然與我不同。

他只是動作輕柔地將我的手拿開，稍顯清淡地瞥了我一眼：「逆徒。」

逆、逆徒？

啊……也對，如果論身分來說，我現在是他徒弟，對他做出捏下巴一副要強吻他的姿勢，是滿滿的大逆不道。可是……

他站起身來，微微轉過頭去，走到屋裡，打量著六合劍，狀似無意地問：「傷可好了？」

芷嫣在旁邊碎碎地嘀咕：「大魔王，他好像在逃避呢，有點想換話題的意思，妳再接著問問，我好好奇，他到底知不知道妳剛才親了他啊？」

妳看戲呢？我會不知道他在換話題啊，用妳瞎提醒？

我抽空背著墨青給芷嫣嫌棄地翻了個白眼，隨即走到墨青身後，馬虎地應付他的話：「那劍傷得有點深，好得沒那麼快呢。」我站到他身邊，巴巴地望著他，「那師父，你剛才有感覺到什麼異常嗎？」

墨青看著方才被大黑鳥撞破的窗戶，神色沉凝，帶點嚴肅，尋常見人了他這模樣，大概是要逃開了。

但他只這是凝重地回了我四個字：「無甚異常。」

「什麼都沒感覺到？」

「沒有。」他看完劍，看完外面的天，現在又開始看牆邊几案了。

我索性站到他與牆的中間，距離隔得近，迫使他目光只能落在我身上：「可剛才師父你喝茶的時候，嘴很微妙地動了耶。」

墨青終是身形一頓，他目光一轉，到底還是與我四目相接，這次沒再躲避，他開了口：「妳倒是觀察入微。」

我眼珠子一轉，想著今天若是不能把墨青的底探出來，那也不能讓他把我的底探出來，我心裡正扯著瞎話，墨青瞇起眼睛，又道：「路招搖是否親我很重要？」

他腳尖往前挪了一點。

我忽然感覺有一點壓迫感，往後退了一些，可剛才我把自己送到他與牆中間，這一退，腳後跟就抵住了牆壁，再退無可退。

他接著問：「我是否感覺到，很重要？」

我搖頭：「其實也沒那麼重要。」

他手一抬，學著我剛才的模樣捏住我的下巴，他的目光帶著幾分危險，又暗藏幾分詭異的誘惑：「那妳方才這般動作，是打著路招搖的旗號，在調戲為師？」

不……我覺得師父你才是在調戲我。

我很想反抗，可我完全沒想到，與墨青離得這麼近，氣氛如此曖昧的情況下，我竟然……失去力氣反抗了。

他手上一用力，微微抬起我的下巴，距離近得讓我聽到了那心臟的劇烈跳動著聲響，還有他言辭裡的隱隱含笑，「大逆不道。」

噗通噗通……他這四個字伴隨著劇烈的心跳聲，越來越靠近我的呼吸。

忽然間……

「啊啊啊啊啊！你們給我適可而止啊！」

我耳邊倏爾聽到一聲撕裂的尖叫，緊接著，下一瞬間，我猛地被撞出芷嫣的身體。我一回頭，但見回了身體的芷嫣雙手在墨青的雙肩上狠狠一推，將他推開了去。

墨青後退一步，站穩身子，眼神褪去了方才混雜的情緒，一洗如初的清冷乾淨。

他望著鑽進被窩裡的芷嫣，沒有說話。

芷嫣在那方抖了半天，像是上了斷頭臺一樣緊張。「師師師……時辰晚了，你你你……」

「厲塵瀾！」

比起芷嫣送客的話，另一個人來得更直接一些。小不點顧晗光一臉怒氣衝衝地走了進來，他根本看也沒看芷嫣在哪兒，徑直對墨青道：「沈千錦……你為何將她關在我這裡！」

墨青早就收拾好自己的情緒，見了顧晗光，只淡淡答了一句：「可以關在別處，但不能保證她的安全。」

言下之意，沈千錦被囚在顧晗光這裡，是整個萬戮門裡最安全的選擇。

他知道沈千錦與顧晗光之間的過往。

想來也是，墨青基本上能算得上是我建立萬戮門時的元老了，當年他若不是年紀小、長得醜、沒天賦，現在即便沒殺我，也該混上一個好職位了。

我創建萬戮門那些年裡，在四個山主還沒收全之前，墨青應該對這些事都還清楚，再加之有司馬容那麼個師弟，他的消息，或許不比萬戮門裡任何一個西山主手下的人差。

顧晗光咬牙忍了忍，「她不能在我這裡。」

「為何？」

「我怕她……」顧晗光本欲徑直反駁墨青的言語，但一抬頭，仰望著墨青，看著他自己與墨青間的差距，素來驕傲的眼神裡霎時空了一瞬，「呵……也是。」他一聲冷笑，「如今的我，便是想盡辦法，大概也引不出她的情毒了。」

墨青沒接話，只聽得顧晗光好似冷極地咳了兩聲，明明是個小孩身體，此刻卻似老人般滄桑。

他轉身離開，行至門口，落了句話下來：「聽說無惡殿有人找你，整日正事不做，就愛陪一個丫頭胡鬧。」他又斜了墨青一眼，「不怕路招搖回來找你算帳？」

墨青聞言，發出一聲輕笑，沒多做解釋，他回頭望了還縮在被窩裡的芷嫣，一個瞬行術，離開了這屋子。

我站在門口遙遙望了一眼無惡殿，芷嫣終於把身體放在被窩裡，離了魂出來，湊到我身邊與我一同往遠方看。

「走了？」

我轉頭，斜眼瞥她：「妳剛才胡亂將我撞出去做什麼？」

「不將妳撞出去，你們都要親上了！還是用我的身體！」

我瞇起眼睛，上下打量芷嫣一通，「妳懂什麼，我在試探他。」

「試探什麼？」

「試探厲塵瀾到底喜歡誰。」

「什麼喜歡誰……」她反應過來，「妳難道是在試厲塵瀾是喜歡我的身體，還是我身體裡的妳？」

我抱手倚著門扉站著，與芷嫣理智地分析：「我先前問他，是否感覺得到路招搖親了他，若是心中無鬼，有則說有，無則論無，可他逃避了。也不去問路招搖在哪兒，甚至都不問路招搖為什麼親他，顯然是因為心亂……」

芷嫣一撇嘴，徑直打斷了我的話：「這還用試？瞎子都看得出來他喜歡妳啊！」

她這話說得那麼自然，我一愣：「妳什麼時候看見的？」

「我那身體只是一個軀體，我在裡面就是我，妳在裡面就是妳，修道者無論修何道，一開始不就說了嗎，身體只是一個寄居所，誰會去愛上寄居所啊。」

我驚豔，芷嫣居然有一天能說出這麼讓我服氣的話，於是我問她：「剛才妳為什麼不讓墨青碰妳的寄居所？」

芷嫣一愣，辯解道：「那不一樣！反正就是……我很早之前就和妳說過了啊，厲魔頭是喜歡妳的，只是妳不相信……也不是，其實我覺得妳心裡應該是清楚的，妳只是不願相信罷了。」

我沉默。

「大魔王，妳是一個把自己保護得很好的人，所以拒絕對別人有任何一點多餘的幻想。因為不期待，就不會給別人傷害妳的機會。」

我望著她，「妳又知道？」

「知道啊，相處了這麼多天，妳就是個逞強的大姑娘。我啊，感覺自己已經看淡了很多事，可這些都是在我吃了苦、受了痛之後才這樣的。妳一個看起來什麼都不關心、什麼都無所謂、什麼都能坦然面對的人，我差了妳好多倍的距離，也就是說，我受的苦難，也差了妳那麼多倍。」芷嫣轉頭看我，「妳是一個會讓人心疼的大魔王。」

我盯著她，默了一會兒，「先心疼妳自己吧。」我繼續道，「我打算把買還陽丹的事情提前執行了，妳明天給我拖著妳那病號的身體，下山找人燒紙錢，我是個受過很多苦難的人，從明天開始，拯救我的重任就交給妳了。」我拍了拍芷嫣的肩，「我先去曬曬月亮，妳琢磨一下找人燒紙錢的計畫吧。」

我閒閒地飄了出去，聽著芷嫣在我背後破口罵我是大混蛋。

我飄上房頂，抱著後腦勺看月亮，一邊看一邊琢磨。

我現在大概知道小醜八怪已經分清我與芷嫣的事，也知道小醜八怪大概喜歡我的事。他隱瞞著這些，是因為害怕我知道他看穿我之後，就不再用芷嫣的身體和他玩耍了嗎……

一時間，我忽然有點好奇，這個小醜八怪，到底是什麼時候喜歡上我的……

是和我一樣嗎？從那句「我帶你走」開始嗎？

若是如此，他喜歡我的時間，會不會太久了一點……

第二十二章 取血

我落在顧晗光院子裡時，正巧見了芷嫣半個身子伸進囚著沈千錦的那個小屋裡，屁股撅在牆壁外扭啊扭的，不知道是在幹什麼。

我默不作聲地將她的身體放在屋裡，然後離魂出了院子，飄到她身邊，也陷著半個身子擠進屋子，問道：「看什麼呢？」

芷嫣一臉興致勃勃，「南山主和沈樓主好搭喔！」

「……」

往屋裡一看，只見在墨青設的牢籠中，顧晗光正與沈千錦對弈著。也不知兩人哪來的閒情逸致，大半夜下棋下得如此精神。不過芷嫣說得沒錯，這兩人，一人外表雖是小孩，一人氣質清冷，可往棋盤前一坐，博弈之間，卻有一種莫名的合適。

最後沈千錦落下白棋，顧晗光輸了半個子。

沈千錦一笑，「南山主謙讓了。」

顧晗光一臉冷漠，「不算謙讓，本該妳贏。」他站起身，轉身欲離開。

沈千錦卻忽然道：「今晚失了睡眠，有勞南山主相陪對弈，多謝了。」

「無妨。」

顧晗光拉開門，沈千錦斟酌一番，又喚住他：「許是我多心，可否冒昧相問，南山主在先前，是否有見過我？」

我一挑眉梢，望向顧晗光，但見背對著沈千錦的顧晗光嘴唇微微一動，最後卻是頭也沒回地冷淡答了句：「我入萬戮門後，從未出山，不曾見過樓主。」

「入萬戮門……之前呢？」

「那麼遠的事，記不得了。」

沈千錦點了點頭，「哦……」好似有幾分失落地垂頭，她唇角似有些自嘲地一勾，「是我冒昧了。」

回應她的，只有顧晗光關上房門的聲音。

我將身子從牆裡飄出來，望了一眼屋外的顧晗光，只見他那雙屬於孩童的眼睛裡一片迷霧朦朧。

芷嫣在我身旁弱弱地問我：「他在哭嗎？」

「他哭過了。」

當初將沈千錦身上的情毒渡到他身上，眼睜睜看著自己變成小孩，然後在沈千錦的哀求下，一針針扎在她腦袋上，將屬於他的記憶抹去時，顧晗光就哭過了。

無助地抱著沒了記憶的沈千錦，嚎啕大哭。

從此再不踏出塵稷山，如遁入空門一般地生活，不再待見所有的情人，只因害怕在他們身上，看見自己與前人的似曾相識。

「走吧。」我拽了拽芷嫣，「這小孩的破事沒什麼好看的，我來和妳商量一件事，保證比這個有趣。」

我帶芷嫣回了房間，倚在床上，笑咪咪地上下打量她，「芷嫣妹妹，這麼多天瞎跑亂竄地找人燒紙錢，累壞了吧？」

芷嫣卻似渾身上下都發了一下麻似地抖了抖，退後兩步，警戒地盯著我，「有話直說。」

「瞧妳，姐姐只是心疼妳呢。我這兒有一個一勞永逸、讓妳再也不用為了紙錢而奔波的辦法，妳要不要聽？」

「妳說……」

「就是讓厲塵瀾幫我燒紙啊，妳平時就歇著，打坐提高自己的功力，我給妳指導。妳啊，就答應我一件事就好了。」

「妳先說什麼事。」

我正色道：「以後在我要去愛撫他，親吻他的時候，妳站著別動。」

芷嫣大驚，「妳在說什麼！」

「妳昨天不是說這是個寄居所嗎，我在裡面就是我，妳在裡面就是妳。我想勾引厲塵瀾的時候，不是妳，妳就乖乖站著。」

「那也不能用我的身體去親……親親啊！再有了，妳都知道他喜歡妳，妳要有什麼要求，好好與他提不就行了嘛，還談什麼勾引不勾引……」

「妳懂什麼？他以前喜歡我，是因為我救了他，有那些花裡胡哨的頭銜，還有過硬的本事，可現在我有什麼，我只有妳的身體呀，不拿妳的身體勾引他，讓他繼續喜歡我，萬一他哪天不喜歡我了呢？」

芷嫣盯著我，默了很久，眼神從氣憤化為不解，最後像是理解了，又變成無奈，「大魔王，妳其實打從心底就不覺得人家會喜歡妳吧……」

我一愣，「沒有啊，我知道他喜歡我，可哪有平白無故的喜歡呢？他喜歡我肯定是有原因的，我得讓自己有個讓他一直喜歡下去的因素。」

「妳就沒有想過，他就只是喜歡妳嗎？」

嘖，天真。

我斜眼看著芷嫣，「妳怎麼那麼多話？妳就是不想讓自己的身體去和別的男人卿卿我我對不對？」

芷嫣也怒了，「對啦！就是不想！妳要是喜歡他，怎麼捨得用我的身體去勾引他！」

「我這不是沒有別的身體嗎！不然妳讓我用什麼勾引！」我靜了靜，眼睛更犀利地睇了起來，「而且，誰說我喜歡他了？我還沒放棄殺他呢。」

芷嫣一臉懵懂，「妳說什麼？他前幾天不是才救了妳嗎？」

「拜託，我早就死了，他是救了妳才對。雖然他那天確實讓我挺感動，但並不能讓我放棄初衷！」

芷嫣滿臉不解，「那妳還那麼用力攢錢去買還陽丹做什麼？妳直接把他殺了，一起變成鬼就行了啊。」

我總算是理解她的思路了，「妳以為我湊錢買還陽丹，是為了和厲塵瀾在一起？」

「難道不是嗎？」

我盯著她，滿臉正色，「我是為了回來當萬戮門主。」

「……」

「妳們這些小姑娘，腦子裡一天情情愛愛的，除了男人就沒別的了。我這鬼生一片慘澹，以前沒去鬼市買東西不知道，現在去買過東西，受過氣，感受到鬼市充滿對我的歧視，我早想掀了它，可奈何掀不了，乾脆就借著鬼市的力量，重新回來做人，再次站上世界的高峰，過上看誰不順眼就揍的生活。」我瞥了芷嫣一眼，「下次再遇到鑒心門這種情況，我絕對不允許任何人帥過我。我的征途是雄霸天下，懂嗎？」

芷嫣垂下頭，「我覺得厲塵瀾好可憐……」

「總之，妳就把這身體借給我，雄霸天下之前，我要先討一個門主令，讓全萬戮門的門徒給我燒紙錢。」

「不借。」

哎呀，翅膀硬了啊！

我瞪著她，芷嫣一頭鑽進自己的身體裡，抱著手躺在床上，努力地睜大眼睛，一副怎麼也不向我妥協的模樣。

適時，屋外雞鳴，正是天將明時。

我心知搶不過她，也懶得與她爭，反正到了晚上，我也能把她擠出去，到時施一個瞬行術，我就不信她能攔住我。

可我萬萬沒想到，到了晚上，芷嫣卻一直沒有從山下回來。

我心道這個小丫頭難道是怕我搶她身體，所以打算躲著我了？我看了看天色，正打算去山下找她時，一個暗羅衛將芷嫣帶了回來，芷嫣渾身發著抖，一臉蒼白。

看見了我，一時忘記要避開身邊的暗羅衛，只直勾勾地看著我，向我面前走了兩步，然後捂住臉，跪在地上，「滄嶺哥哥……」

我一愣，眉眼一肅，「妳遇見柳滄嶺了？」

「滄嶺哥哥瘋了……」她捂住臉，痛哭失聲，「他一定是知道錦州城的消息，所以瘋了……」

我目光一垂，看見芷嫣頸項上多了一條血痕，這傷口……與沈千錦脖子上的傷口，一模一樣。

我心頭登時一凜，我清晰地聽見自己用可怕的語氣問芷嫣：「妳怎麼遇見柳滄嶺的，他有什麼異常？他刺傷了妳，用的什麼劍？暗羅衛救了妳？柳滄嶺呢？去了哪兒了？」

「我不知道……」芷嫣抱住頭，像是十分混亂，「他一點也不像平時的滄嶺哥哥……雙目無神，一言不發便拿劍刺我，我以為……我以為是他知道了錦州城的消息，知道是我參與的……所以要殺我。」

「芷嫣。」我冷靜地喚她名字，迫使她也冷靜下來，「妳仔細回憶，告訴我，柳滄嶺手裡的劍是不是吸了妳頸項的血，他想殺妳的時候，與柳巍想殺妳爹的時候，神情模樣，相似不相似？」

芷嫣像被我這幾個問題敲傻了一樣，她仰頭望我：「對……妳怎麼都知道？」

我當然知道，多年前，萬戮門在錦州城外，與鑒心門短暫交手時，柳蘇若的惑心術，可是讓我萬戮門自相殘殺，死了不少人呢。

我握緊拳頭，這個女人竟是命大，那天卻沒能將她斬除。

取了芷嫣的血，她是打算拿去甦醒洛明軒嗎……

——《招搖 卷二》完

高寶書版集團
gobooks.com.tw

輕世代 FW281
招搖 卷二

作　　者　九鷺非香
繪　　者　セカイメグル
編　　輯　林思妤
校　　對　任芸慧
書衣設計　林鈞儀
美術編輯　林鈞儀
排　　版　彭立瑋

發 行 人　朱凱蕾
出　　版　英屬維京群島商高寶國際有限公司臺灣分公司
　　　　　Global Group Holdings, Ltd.
地　　址　臺北市內湖區洲子街88號3樓
網　　址　www.gobooks.com.tw
電　　話　(02) 27992788
電　　郵　readers@gobooks.com.tw（讀者服務部）
　　　　　pr@gobooks.com.tw（公關諮詢部）
傳　　真　出版部　(02) 27990909　行銷部 (02) 27993088
郵政劃撥　50404557
戶　　名　三日月書版股份有限公司
發　　行　三日月書版股份有限公司/Printed in Taiwan
初版日期　2018年8月
二刷日期　2019年8月

國家圖書館出版品預行編目(CIP)資料

招搖 / 九鷺非香著.-- 初版. -- 臺北市：高寶國際, 2018.08-
冊；　公分. --

ISBN 978-986-361-565-1(第2冊：平裝)

857.7　　107004301

三日月書版

三日月書版

GOBOOKS
& SITAK
GROUP©